COLLECTION FOLIO

Marguerite Yourcenar

de l'Académie française

Yeah!

Alexis

ou le Traité
du Vain Combat

suivi de

Le Coup de Grâce

3/2/92

*Happy Belated
Birthday Kristn —*

*Je t'embrasse
bien forte
XX Jasmn*

Gallimard

Née en 1903 à Bruxelles d'un père français et d'une mère d'origine belge, Marguerite Yourcenar grandit en France, mais c'est surtout à l'étranger qu'elle résidera par la suite : Italie, Suisse, Grèce, puis Amérique où elle a vécu dans l'île de Mount Desert, sur la côte nord-est des États-Unis, jusqu'à sa mort en 1987.

Marguerite Yourcenar a été élue à l'Académie française le 6 mars 1980.

Son œuvre comprend des romans : Alexis ou le Traité du Vain Combat *(1929),* Le Coup de Grâce *(1939),* Denier du Rêve, *version définitive (1959); des poèmes en prose :* Feux *(1936); en vers réguliers :* Les Charités d'Alcippe *(1956); des nouvelles :* Nouvelles Orientales *(1963); des essais :* Sous Bénéfice d'Inventaire *(1962); des pièces de théâtre et des traductions.*

Mémoires d'Hadrien (1951), roman historique d'une vérité étonnante, lui valut une réputation mondiale. L'Œuvre au Noir *a obtenu à l'unanimité le Prix Femina 1968. Enfin* Souvenirs Pieux *(1974) et* Archives du Nord *(1977) et* Quoi ? L'Éternité *(1988) constituent le triptyque familial intitulé « Le labyrinthe du monde ».*

Alexis
ou
Le Traité du Vain Combat

A lui-même

PRÉFACE

Alexis ou le Traité du Vain Combat *parut en 1929; il est contemporain d'un certain moment de la littérature et des mœurs où un sujet jusque-là frappé d'interdit trouvait pour la première fois depuis des siècles sa pleine expression écrite. Près de trente-cinq ans se sont écoulés depuis sa publication : durant cette période, les idées, les coutumes sociales, les réactions du public se sont modifiées, moins d'ailleurs qu'on ne le croit; certaines des opinions de l'auteur ont changé, ou auraient pu le faire. Ce n'est donc pas sans une certaine inquiétude que j'ai rouvert Alexis après ce long intervalle : je m'attendais à devoir apporter à ce texte un certain nombre de retouches, à faire le point d'un monde transformé.*

Pourtant, à bien y réfléchir, ces modifications m'ont paru inutiles, sinon nuisibles; sauf en ce qui concerne quelques inadvertances de style, ce petit livre a été laissé tel qu'il était, et ceci pour deux raisons qui, en apparence, s'opposent : l'une est le caractère très personnel d'une confidence étroitement reliée à un milieu, un temps, un pays maintenant disparu des cartes, imprégnée d'une vieille atmosphère d'Europe centrale et française à laquelle il eût été impossible de changer quoi que ce soit sans transformer l'acoustique du livre; le second au contraire est le fait que ce récit, à en croire les réactions qu'il provoque encore, semble avoir gardé une sorte d'actualité, et même d'utilité pour quelques êtres.

Bien que ce sujet jadis considéré comme illicite ait été de nos jours abondamment traité, et même exploité, par la littérature, acquérant ainsi une espèce de demi-droit de cité, il semble en effet que le problème intime d'Alexis ne soit guère aujourd'hui moins angoissant ou moins secret qu'autrefois, ni que la facilité relative, si différente de la liberté véritable, qui règne sur ce point dans certains milieux très restreints, ait fait autre chose que de créer dans l'ensemble du public un malentendu ou une prévention de plus. Il suffit de regarder attentivement autour de nous pour s'apercevoir que le drame d'Alexis et de Monique n'a pas cessé d'être vécu et continuera sans doute à l'être tant que le monde des réalités sensuelles demeurera barré de prohibitions dont les plus dangereuses peut-être sont celles du langage, hérissé d'obstacles qu'évitent ou que contournent sans trop de gêne la plupart des êtres, mais sur lesquels s'enferrent presque immanquablement les esprits scrupuleux et les cœurs purs. Les mœurs, quoi qu'on dise, ont trop peu changé pour que la donnée centrale de ce roman ait beaucoup vieilli.

On n'a peut-être pas assez remarqué que le problème de la liberté sensuelle sous toutes ses formes est en grande partie un problème de liberté d'expression. Il semble bien que, de génération en génération, les tendances et les actes varient peu ; ce qui change au contraire est autour d'eux l'étendue de la zone de silence ou l'épaisseur des couches de mensonge. Cela n'est pas vrai que des aventures interdites : c'est à l'intérieur du mariage lui-même, dans les rapports sensuels entre époux, que la superstition verbale s'est le plus tyranniquement imposée. L'écrivain qui cherche à traiter avec honnêteté de l'aventure d'Alexis, éliminant de son langage les formules supposées bienséantes, mais en réalité à demi effarouchées ou à demi grivoises qui sont celles de la littérature facile, n'a guère le choix qu'entre deux ou trois procédés d'expression plus ou moins défectueux et parfois inacceptables. Les termes du vocabulaire scientifique, de formation récente, destinés à se démoder avec les théories qui les étayent, détériorés par une vulgarisation à outrance qui leur enlève bientôt leurs vertus d'exactitude, ne valent que pour les ouvrages spécialisés, pour lesquels ils sont faits ; ces mots-étiquettes vont à l'encontre du but de la littérature, qui est l'individualité dans l'expression. L'obscénité, méthode littéraire qui eut de tout temps ses adeptes, est une technique de choc défendable s'il s'agit de forcer un public prude ou blasé à regarder en face ce qu'il ne veut pas voir, ou ce que par excès d'habitude il ne voit plus. Son emploi peut aussi légitimement correspondre à une espèce d'entreprise de nettoyage des mots, d'effort pour rendre à des vocables indifférents en eux-mêmes, mais salis et déshonorés par l'usage, une sorte de propre et tranquille innocence. Mais cette solution brutale reste une solution extérieure : l'hypocrite lecteur tend à accepter le mot incongru comme une forme de pittoresque, presque d'exotisme, à peu près comme le voyageur de passage dans une ville étrangère s'autorise à en visiter les bas-fonds. L'obscénité s'use vite, forçant l'auteur qui l'utilise à des surenchères plus dangereuses encore pour la vérité que les sous-entendus d'autrefois. La brutalité du langage trompe sur la banalité de la pensée, et (quelques grandes exceptions mises à part) reste facilement compatible avec un certain conformisme.

Une troisième solution peut s'offrir à l'écrivain : l'emploi de cette langue dépouillée, presque abstraite, à la fois circonspecte et précise, qui en France a servi durant des siècles aux prédicateurs, aux moralistes, et parfois aussi aux romanciers de l'époque classique pour traiter de ce qu'on appelait alors « les égarements des sens ». Ce style traditionnel de l'examen de conscience se prête si bien à formuler les innombrables nuances de jugement sur un sujet de par sa nature complexe comme la vie elle-même qu'un Bourdaloue ou un Massillon y ont eu recours pour exprimer l'indignation ou le blâme, et un Laclos le libertinage ou la volupté. Par sa discrétion même, ce langage décanté m'a semblé particulièrement convenir à la lenteur pensive et scrupuleuse d'Alexis, à son patient effort pour se délivrer maille par maille, d'un geste qui dénoue plutôt qu'il ne rompt, du filet d'incertitudes et de contraintes dans lesquelles il se trouve engagé, à sa pudeur où il entre du respect pour la sensualité elle-même, à son ferme propos de concilier sans bassesse l'esprit et la chair.

Comme tout récit écrit à la première personne, Alexis est le portrait d'une voix. Il fallait laisser à cette voix son propre registre, son propre timbre, ne rien lui enlever, par exemple, de ses inflexions courtoises qui semblent quelque peu d'un autre âge, et le semblaient déjà il y a près de trente-cinq ans, ou encore de ces accents de tendresse presque cajoleuse qui en disent peut-être plus long sur les rapports d'Alexis et de sa jeune femme que sa confidence elle-même. Il fallait aussi laisser au personnage certaines opinions qui à l'auteur paraissent aujourd'hui douteuses, mais qui gardent leur valeur de caractérisation. Alexis explique ses penchants par l'effet d'une enfance puritaine dominée entièrement par les femmes, vue exacte peut-être en ce qui le concerne, importante pour lui dès l'instant qu'il l'accepte, mais qui (même si j'y ai donné créance autrefois, ce dont je ne me souviens plus) me semble maintenant le type de l'explication destinée à faire rentrer artificiellement dans le système psychologique de notre époque des faits qui se passent peut-être de ce genre de motivation. De même, la préférence d'Alexis pour le plaisir goûté indépendamment de l'amour, sa méfiance envers tout attachement qui se prolonge, est caractéristique d'une période en réaction contre tout un siècle d'exagération romantique : ce point de vue a été l'un des plus répandus de notre temps, quels que soient d'ailleurs les goûts sensuels de ceux qui l'expriment. On pourrait répondre à Alexis que la volupté ainsi mise à part risque elle aussi de tourner en morne routine ; bien plus, qu'il y a un fond de puritanisme dans ce souci de séparer le plaisir du reste des émotions humaines, comme s'il ne méritait pas d'y avoir sa place.

Alexis quittant sa femme donne pour motif à son départ la recherche d'une liberté sexuelle plus entière et moins entachée de mensonge, et cette raison reste certes la plus décisive ; il est pourtant probable qu'il s'y mêle d'autres motivations plus difficiles encore à avouer par celui qui

*s'en va, telles que l'envie d'échapper à un confort et à une
respectabilité fabriqués d'avance, et dont Monique est
devenue bon gré mal gré le vivant symbole. Alexis orne sa
jeune femme de toutes les vertus, comme si, en augmentant
entre elle et lui les distances, il trouvait plus facile de
justifier son départ. J'ai parfois songé à composer une
réponse de Monique, qui, sans contredire en rien la
confidence d'Alexis, éclairerait sur certains points cette
aventure, et nous donnerait de la jeune femme une image
moins idéalisée, mais plus complète. J'y ai pour le moment
renoncé. Rien n'est plus secret qu'une existence féminine.
Le récit de Monique serait peut-être plus difficile à écrire
que les aveux d'Alexis.*

*Pour ceux qui auraient oublié leur latin d'école, notons
que le nom du principal personnage (et par conséquent le
titre du livre) est emprunté à la deuxième* Églogue *de
Virgile,* Alexis, *à laquelle, et pour les mêmes raisons,
Gide prit le* Corydon *de son essai si controversé. Le sous-
titre, d'autre part,* Le Traité du Vain Combat, *fait
écho au* Traité du Vain Désir, *cette œuvre un peu pâle
de la jeunesse d'André Gide. En dépit de ce rappel,
l'influence de Gide fut faible sur* Alexis : *l'atmosphère
quasi protestante et le souci de réexaminer un problème
sensuel viennent d'ailleurs. Ce que j'y retrouve au
contraire dans plus d'une page (et à l'excès peut-être) c'est
l'influence de l'œuvre grave et pathétique de Rilke, qu'un
hasard heureux m'avait fait connaître de bonne heure. En
général, nous oublions trop l'existence d'une sorte de loi de
la diffusion retardée, qui fait que les jeunes gens cultivés*

vers 1860 lisaient Chateaubriand plutôt que Baudelaire,
et ceux de la fin du siècle Musset plutôt que Rimbaud.
Pour moi, qui ne me prétends du reste à aucun degré
caractéristique, j'ai vécu mes années de jeunesse dans une
indifférence relative à la littérature contemporaine, due en
partie à l'étude de celle du passé (c'est ainsi qu'un
Pindare, *d'ailleurs bien gauche, précède dans ce qu'on*
pourrait appeler ma production ce petit livre sur Alexis),
en partie à une instinctive méfiance envers ce qu'on
pourrait appeler les valeurs de vogue. Des grands livres de
Gide où le sujet qui m'occupe était enfin ouvertement
traité, la plupart ne m'étaient encore connus que par ouï-
dire ; leur effet sur Alexis *tient bien moins à leur contenu*
qu'au bruit fait autour d'eux, à cette espèce de discussion
publique s'organisant autour d'un problème jusque-là
examiné en huis clos, et qui m'a certainement rendu plus
facile d'aborder sans trop d'hésitation le même thème.
C'est du point de vue formel *surtout que la lecture des*
premiers livres de Gide m'avait été précieuse, en me
prouvant qu'il était encore possible d'utiliser la forme
purement classique du récit, qui autrement eût risqué peut-
être de me sembler à la fois exquise et surannée, et en
m'évitant de tomber dans le piège du roman proprement
dit, dont la composition demande de son auteur une variété
d'expérience humaine et littéraire qu'à cette époque je
n'avais pas. Ce que j'en dis n'a certes pas pour but de
réduire l'importance de l'œuvre d'un grand écrivain qui fut
aussi un grand moraliste, encore moins de séparer cet
Alexis, *écrit dans l'isolement de la mode par une jeune*
femme de vingt-quatre ans, d'autres ouvrages contempo-
rains d'intentions plus ou moins semblables, mais au

contraire de leur apporter l'appui d'une confidence sponta-
née et d'un témoignage authentique. Certains sujets sont
dans l'air d'un temps ; ils sont aussi dans la trame d'une
vie.

1963

Cette lettre, mon amie, sera très longue. Je n'aime pas beaucoup écrire. J'ai lu souvent que les paroles trahissent la pensée, mais il me semble que les paroles écrites la trahissent encore davantage. Vous savez ce qui reste d'un texte après deux traductions successives. Et puis, je ne sais pas m'y prendre. Écrire est un choix perpétuel entre mille expressions, dont aucune ne me satisfait, dont aucune surtout ne me satisfait sans les autres. Je devrais pourtant savoir que la musique seule permet les enchaînements d'accords. Une lettre, même la plus longue, force à simplifier ce qui n'aurait pas dû l'être : on est toujours si peu clair dès qu'on essaie d'être complet ! Je voudrais faire ici un effort, non seulement de sincérité, mais aussi d'exactitude ; ces pages contiendront bien des ratures ; elles en contiennent déjà. Ce que je vous demande (la seule chose que je puisse vous demander encore) c'est de ne passer aucune de ces lignes qui m'auront tant coûté. S'il est difficile de vivre, il est bien plus malaisé d'expliquer sa vie.

J'aurais peut-être mieux fait de ne pas m'en aller sans rien dire, comme si j'avais honte, ou comme si vous aviez compris. J'aurais mieux fait de m'expliquer à voix basse, très lentement, dans l'intimité d'une chambre, à cette heure sans lumière où l'on se voit si peu qu'on ose presque avouer tout. Mais je vous connais, mon amie. Vous êtes très bonne. Il y a dans un récit de ce genre quelque chose de pitoyable qui peut mener à s'attendrir; parce que vous m'auriez plaint, vous croiriez m'avoir compris. Je vous connais. Vous voudriez m'épargner ce qu'a d'humiliant une explication si longue; vous m'interrompriez trop tôt; j'aurais la faiblesse, à chaque phrase, d'espérer être interrompu. Vous avez aussi une autre qualité (un défaut peut-être) dont je parlerai tout à l'heure et dont je ne veux plus abuser. Je suis trop coupable envers vous pour ne pas m'obliger à mettre une distance entre moi-même et votre pitié.

Il ne s'agit pas de mon art. Vous ne lisez pas les journaux, mais des amis communs ont dû vous apprendre que j'avais ce qui s'appelle du succès, ce qui revient à dire que beaucoup de gens me louent sans m'avoir entendu, et quelques-uns sans me comprendre. Il ne s'agit pas de cela. Il s'agit de quelque chose, non pas vraiment de plus intime (que puis-je avoir de plus intime que mon œuvre?), mais qui me semble plus intime parce que je l'ai tenu caché. Surtout, de plus misérable. Mais, vous le voyez, j'hésite ; chaque mot que je trace m'éloigne un peu plus de ce que je voulais d'abord exprimer ; cela prouve uniquement que le courage me manque. La simplicité aussi me manque. Elle m'a toujours manqué. Mais la vie non plus n'est pas simple, et ce n'est pas ma faute. La seule chose qui me décide à poursuivre, c'est la certitude que vous n'êtes pas heureuse. Nous avons tant menti, et tant souffert du mensonge, qu'il n'y a vraiment pas grand risque à essayer si la sincérité guérit.

Ma jeunesse, mon adolescence plutôt, a été absolument pure, ou ce qu'on convient d'appeler telle. Je sais qu'une affirmation semblable prête toujours à sourire, parce qu'elle prouve généralement un manque de clairvoyance ou un manque de franchise. Mais je ne crois pas me tromper, et je suis sûr de ne pas mentir. J'en suis sûr, Monique. J'étais vers la seizième année ce que vous désirez sans doute que Daniel soit à cet âge, et laissez-moi vous dire que vous avez tort de désirer pareille chose. Je suis persuadé qu'il est mauvais de s'exposer si jeune à devoir reléguer toute la perfection dont on fût capable parmi les souvenirs de son plus ancien passé. L'enfant que j'étais, l'enfant de Woroïno n'est plus, et toute notre existence a pour condition l'infidélité à nous-mêmes. Il est dangereux que les premiers de nos fantômes soient justement les meilleurs, les plus chers, les plus regrettés. Mon enfance est aussi loin de moi que l'attente anxieuse des veilles de fête ou que la torpeur des après-midi trop longues, pendant lesquelles on reste sans rien faire en souhaitant que quelque chose arrive. Comment puis-je espérer retrouver cette paix, qu'alors je ne savais pas même nommer ? Je l'ai séparée de moi, en me rendant compte qu'elle n'était pas tout moi-même. Il faut l'avouer tout de suite, je suis à peine sûr de regretter toujours cette ignorance, que nous appelons la paix.

Combien difficile de ne pas être injuste envers soi-même ! Je vous disais tout à l'heure que mon adolescence avait été sans troubles ; je le crois ; je me suis souvent penché sur ce passé un peu puéril et si triste ; j'ai tâché de me rappeler mes pensées, mes sensations, plus intimes que des pensées, et jusqu'aux rêves. Je les ai analysés pour voir si je n'y découvrais pas quelque signification inquiétante, qui alors m'avait échappé, et si je n'avais pas pris l'ignorance de l'esprit pour l'innocence du cœur. Vous connaissez les étangs de Woroïno ; vous dites qu'ils ressemblent à de grands morceaux de ciel gris tombés sur la terre, et qui s'efforceraient de remonter en brouillard. Enfant, j'en avais peur. Je comprenais déjà que tout a son secret, et les étangs comme le reste, que la paix, comme le silence, n'est jamais qu'une surface, et que le pire des mensonges est le mensonge du calme. Toute mon enfance, quand je m'en souviens, m'apparaît comme un grand calme au bord d'une grande inquiétude, qui devait être toute la

vie. Je songe à des circonstances, trop petites pour
que je vous les rapporte, que je ne remarquai pas
alors, mais où je distingue maintenant les premiers frémissements avertisseurs (frémissements
de la chair et frémissements du cœur), comme ce
souffle de Dieu dont parle l'Écriture. Il y a
certains moments de notre existence où nous
sommes, de façon inexplicable et presque terri-
fiante, ce que nous deviendrons plus tard. Il me
semble, mon amie, avoir si peu changé ! L'odeur
de la pluie m'arrivant par une fenêtre ouverte, un
bois de trembles sous la brume, une musique de
Cimarose, que les vieilles dames me faisaient
jouer parce que, j'imagine, cela leur rappelait leur
jeunesse, moins encore, une qualité particulière
du silence, que je ne trouve qu'à Woroïno,
suffisent à rendre non avenus tant de pensées,
d'événements et de peines, qui me séparent de
cette enfance. Je pourrais presque admettre que
l'intervalle n'a duré qu'un peu moins d'une
heure, qu'il ne s'agit que d'une de ces périodes de
demi-sommeil, où je tombais souvent à cette
époque, pendant lesquelles la vie et moi n'avions
pas le temps de nous modifier beaucoup. Je n'ai
qu'à fermer les yeux ; tout se comporte exactement comme alors ; je retrouve, comme s'il ne
m'avait pas quitté, ce jeune garçon timide, très
doux, qui ne se croyait pas à plaindre, et qui me
ressemble tant que je le soupçonne, injustement
peut-être, d'avoir pu me ressembler en tout.

Je me contredis, je le vois bien. Sans doute en

est-il de cela comme des pressentiments, qu'on se figure avoir eus parce qu'on aurait dû les avoir. Le plus cruel résultat de ce que je suis bien forcé d'appeler nos fautes (ne fût-ce que pour me conformer à l'usage) est de contaminer jusqu'au souvenir du temps où nous ne les avions pas commises. C'est là, justement, ce qui m'inquiète. Car enfin, si je me trompe, je ne puis savoir dans quel sens, et je ne déciderai jamais si mon innocence d'alors était moins grande que je ne l'assurais tout à l'heure, ou si je suis maintenant moins coupable que je ne m'oblige à le penser. Mais je m'aperçois que je n'ai rien expliqué.

Je n'ai pas besoin de vous dire que nous étions très pauvres. Il y a quelque chose de pathétique dans la gêne des vieilles familles, où l'on semble ne continuer à vivre que par fidélité. Vous me demanderez envers qui : envers la maison, je suppose, envers les ancêtres aussi, et simplement envers ce que l'on fut. La pauvreté, mon Dieu, n'a pas beaucoup d'importance pour un enfant ; elle n'en avait pas non plus pour ma mère et mes sœurs, car tout le monde nous connaissait, et personne ne nous croyait plus riches que nous ne l'étions. C'était l'avantage de ces milieux très fermés d'autrefois, qu'on y considérait moins ce que vous étiez que ce que vous aviez été. Le passé, pour peu qu'on y songe, est chose infiniment plus stable que le présent, aussi paraissait-il d'une conséquence bien plus grande. On ne nous prêtait pas plus d'attention qu'il ne fallait ; ce que l'on estimait en nous, c'était un certain feld-maréchal qui vécut à une époque fort lointaine, dont personne, à un siècle près, ne se rappelait la date. Je me rends compte aussi que la fortune de mon grand-père, et les distinctions obtenues par mon bisaïeul, restaient à nos yeux des faits beaucoup plus considérables, même beaucoup plus réels que notre propre existence. Ces vieilles façons de voir vous font probablement sourire ; je reconnais que d'autres, tout à fait opposées, ne seraient pas plus déraisonnables, mais enfin celles-ci nous aidaient à vivre. Comme rien ne pouvait empêcher que nous ne fussions les descendants de ces personnages devenus presque légendaires, rien ne pouvait empêcher non plus qu'on ne continuât de les honorer en nous ; c'était bien la seule part du patrimoine qui fût vraiment inaliénable. On ne nous reprochait pas d'avoir moins d'argent et de crédit qu'ils n'en avaient possédé ; cela était trop naturel ; il y aurait eu, à vouloir égaler ces gens célèbres, je ne sais quoi d'inconvenant comme une ambition déplacée.

Ainsi, la voiture qui nous menait à l'église eût semblé démodée ailleurs qu'à Woroïno, mais là, je pense qu'une voiture nouvelle eût choqué davantage, et si les robes de notre mère duraient un peu trop longtemps, on ne le remarquait pas non plus. Nous, les Géra, n'étions pour ainsi dire que la fin d'un lignage, dans ce très vieux pays de la Bohême du Nord. On aurait pu croire que nous n'existions pas, que des personnages invisibles, mais beaucoup plus imposants que nous-mêmes, continuaient à emplir de leurs images les miroirs de notre maison. Je voudrais éviter jusqu'au soupçon de rechercher un effet, surtout à la fin d'une phrase, mais on pourrait dire, en un certain sens, que ce sont les vivants, dans les vieilles familles, qui semblent les ombres des morts.

Il faut me pardonner de m'attarder si longtemps à ce Woroïno d'autrefois, car je l'ai beaucoup aimé. C'est une faiblesse, je n'en doute pas, et l'on ne devrait rien aimer, du moins rien aimer particulièrement. Ce n'était pas que nous y fussions très heureux ; du moins, la joie n'y habitait guère. Je ne crois pas me rappeler d'y avoir entendu un rire, même un rire de jeune fille, qui ne fût pas étouffé. On ne rit pas beaucoup, dans les vieilles familles. On finit même par s'habituer à n'y parler qu'à voix basse, comme si l'on craignait d'y réveiller des souvenirs, qu'il est vraiment préférable de laisser dormir en paix. On n'y était pas malheureux non plus, et je dois dire aussi que je n'y ai jamais vu pleurer. Seulement, on y était un peu triste. Cela tenait au caractère encore plus qu'aux circonstances, et tout le monde admettait, autour de moi, que l'on pût être heureux sans jamais cesser d'être triste.

C'était alors la même construction blanche, tout en colonnades et en fenêtres, de ce goût français qui prévalut au siècle de Catherine. Mais il faut vous rappeler que cette vieille maison était beaucoup plus délabrée qu'aujourd'hui, puisqu'elle n'a été réparée que grâce à vous, à l'époque de notre mariage. Il ne vous est pas difficile de l'imaginer alors : souvenez-vous de l'état où elle se trouvait quand vous y vîntes pour la première fois. Sûrement, on ne l'avait pas élevée pour y vivre une vie monotone ; je suppose qu'elle avait été bâtie pour y donner des fêtes (au temps où l'on donnait des fêtes) par la fantaisie d'un aïeul qui voulait montrer du faste. Toutes les maisons du XVIIIe siècle sont ainsi : il semble qu'elles soient construites pour la réception des hôtes, et nous n'y sommes jamais que des visiteurs mal à l'aise. Nous avions beau faire : celle-ci était toujours trop grande pour nous et il y faisait toujours froid. Il me semblait aussi qu'elle n'était pas solide, et certes, la blancheur de pareilles maisons, si désolée sous la neige, fait penser à de la fragilité. On comprend bien qu'elles ont été conçues pour des pays beaucoup plus tièdes, et par des gens qui prennent plus facilement la vie. Mais je sais maintenant que cette construction d'apparence légère, qu'on dirait prévue pour l'espace d'un été, durera infiniment plus longtemps que nous, et peut-être que notre famille. Il se peut qu'elle aille un jour à des étrangers ; cela lui serait indifférent, car les maisons vivent d'une vie particulière, à laquelle notre vie importe peu, et que nous ne comprenons pas.

J'y revois des visages sérieux, un peu tirés, des visages pensifs de femmes dans des salons trop clairs. L'aïeul dont je vous parlais tout à l'heure

avait voulu que les pièces fussent spacieuses afin
que la musique y sonnât mieux. Il aimait la
musique. De lui, on ne parlait pas souvent ; il
semblait qu'on préférât n'en rien dire ; on savait
qu'il avait dilapidé un grand avoir ; peut-être lui
en voulait-on, ou bien y avait-il autre chose. On
passait encore deux générations sous silence, et
probablement rien de remarquable ne valait
qu'on s'y intéressât. Mon grand-père venait
ensuite ; il s'était ruiné au temps des réformes
agraires ; il était libéral ; il avait des idées qui
pouvaient être très bonnes, mais qui naturellement l'avaient appauvri, et la gestion de mon père
fut aussi déplorable. Il mourut jeune, mon père.
Je m'en souviens très peu ; je me rappelle qu'il
était sévère, pour nous autres enfants, comme
sont parfois sévères les gens qui se reprochent de
n'avoir pas su l'être envers eux-mêmes. Bien
entendu, ce n'est là qu'une supposition, et je ne
sais rien de mon père.

J'ai remarqué quelque chose, Monique : on dit
que les vieilles maisons contiennent toujours des
fantômes ; je n'en ai jamais vu, et pourtant j'étais
un enfant craintif. Peut-être je comprenais déjà
que les fantômes sont invisibles, parce que nous
les portons en nous-mêmes. Mais ce qui rend les
vieilles maisons inquiétantes, ce n'est pas qu'il y
ait des fantômes, c'est qu'il pourrait y en avoir.

Je crois que ces années d'enfance ont déterminé
ma vie. J'ai d'autres souvenirs plus proches, plus
divers, peut-être beaucoup plus nets, mais il

semble que ces impressions nouvelles, ayant été
moins monotones, n'aient pas eu le temps de
pénétrer assez profondément en moi. Nous sommes tous distraits, parce que nous avons nos
rêves ; seul, le perpétuel recommencement des
mêmes choses finit par nous imprégner d'elles.
Mon enfance fut silencieuse et solitaire ; elle m'a
rendu timide, et par conséquent taciturne. Quand
je pense que je vous connais depuis près de trois
ans et que j'ose vous parler pour la première fois !
Encore n'est-ce que par lettre, et parce qu'il le
faut bien. Il est terrible que le silence puisse être
une faute ; c'est la plus grave de mes fautes, mais
enfin, je l'ai commise. Avant de la commettre
envers vous, je l'ai commise envers moi-même.
Lorsque le silence s'est établi dans une maison,
l'en faire sortir est difficile ; plus une chose est
importante, plus il semble qu'on veuille la taire.
On dirait qu'il s'agit d'une matière congelée, de
plus en plus dure et massive : la vie continue sous
elle ; seulement, on ne l'entend pas. Woroïno était
plein d'un silence qui paraissait toujours plus
grand, et tout silence n'est fait que de paroles
qu'on n'a pas dites. C'est pour cela peut-être que
je devins un musicien. Il fallait quelqu'un pour
exprimer ce silence, lui faire rendre tout ce qu'il
contenait de tristesse, pour ainsi dire le faire
chanter. Il fallait qu'il ne se servît pas des mots,
toujours trop précis pour n'être pas cruels, mais
simplement de la musique, car la musique n'est
pas indiscrète, et, lorsqu'elle se lamente, elle ne

dit pas pourquoi. Il fallait une musique d'une
espèce particulière, lente, pleine de longues réticences et cependant véridique, adhérant au
silence et finissant par s'y laisser glisser. Cette
musique, ça a été la mienne. Vous voyez bien que
je ne suis qu'un exécutant, je me borne à traduire.
Mais on ne traduit que son trouble : c'est toujours
de soi-même qu'on parle.

Il y avait, dans le couloir qui menait à ma
chambre, une gravure moderne que ne regardait
personne. Elle n'était donc qu'à moi seul. Je ne
sais qui l'avait apportée là ; je l'ai revue depuis
chez tant de gens qui se disent artistes que cela
m'en a dégoûté, mais alors je la considérais
souvent. On y voyait des personnages qui écou-
taient un musicien, et j'étais presque terrifié par le
visage de ces êtres, à qui la musique semblait
révéler quelque chose. Je pouvais avoir treize ans ;
ni la musique, ni la vie, je vous assure, n'avaient
rien eu à me révéler encore. Du moins je le
croyais. Mais l'art fait parler aux passions un si
beau langage, qu'il faut plus d'expérience que je
n'en possédais alors pour comprendre ce qu'elles
veulent dire. J'ai relu les petites compositions,
auxquelles je m'essayais en ce temps-là ; elles sont
raisonnables, beaucoup plus enfantines que ne
l'étaient mes pensées. Mais c'est toujours ainsi :
nos œuvres représentent une période de notre
existence que nous avons déjà franchie, à l'époque
où nous les écrivons.

La musique me mettait alors dans un état

d'engourdissement très agréable, un peu singulier. Il semblait que tout s'immobilisât, sauf le
battement des artères ; que la vie s'en fût allée
hors de mon corps, et qu'il fût bon d'être si
fatigué. C'était un plaisir ; c'était aussi presque
une souffrance. J'ai trouvé toute ma vie le plaisir
et la souffrance deux sensations très voisines ; je
pense qu'il en va de même pour chaque nature un
peu réfléchie. Je me souviens aussi d'une sensibilité particulière aux contacts, je parle des plus
innocents, le toucher d'une étoffe très douce, le
chatouillement d'une fourrure qui semble une
toison vivante, ou l'épiderme d'un fruit. Il n'y a là
rien de blâmable ; ces sensations m'étaient trop
ordinaires pour m'étonner beaucoup ; l'on ne
s'intéresse guère à ce qui paraît simple. Je prêtais
aux personnages de ma gravure des émotions plus
profondes, puisqu'ils n'étaient pas des enfants. Je
les supposais participants d'un drame ; je croyais
nécessaire qu'un drame se fût passé. Nous sommes tous pareils : nous avons peur d'un drame ;
quelquefois, nous sommes assez romanesques
pour souhaiter qu'il arrive, et nous ne nous
apercevons pas qu'il est déjà commencé.

Il y avait aussi un tableau où l'on voyait un
homme au clavecin, qui s'arrêtait de jouer pour
écouter sa vie. C'était une très vieille copie d'une
peinture italienne ; l'original en est célèbre, mais
je n'en connais pas le nom. Vous savez que je suis
très ignorant. Je n'aime pas beaucoup les peintu-

res italiennes ; pourtant, j'ai aimé celle-là. Mais je
ne suis pas ici pour vous parler d'une peinture.

Elle ne valait peut-être rien. On l'a vendue,
lorsque l'argent s'est fait plus rare, avec quelques
vieux meubles et ces anciennes boîtes à musique
d'émail, qui ne savaient qu'un seul air et manquaient toujours la même note. Il y en avait
plusieurs qui contenaient des marionnettes. On
les remontait ; elles faisaient quelques tours à
droite, et puis quelques tours à gauche. Et puis
elles s'arrêtaient. C'était très touchant. Mais je ne
suis pas ici pour vous parler de marionnettes.

Je l'avoue, Monique, il y a dans ces pages trop
de complaisance pour moi-même. Mais j'ai si peu
de souvenirs qui ne soient pas amers, qu'il faut
me pardonner de m'attarder à ceux qui sont
simplement tristes. Vous ne m'en voudrez pas de
rapporter longuement les pensées d'un enfant,
que je suis seul à connaître. Vous aimez les
enfants. Je l'avoue : peut-être, sans le savoir, ai-je
espéré de la sorte vous disposer à l'indulgence, au
début d'un récit qui vous en demandera beaucoup. Je cherche à gagner du temps : c'est
naturel. Il y a cependant quelque chose de
ridicule à envelopper de phrases un aveu qui
devrait être simple : j'en sourirais, si seulement
j'en pouvais sourire. Il est humiliant de penser
que tant d'aspirations confuses, d'émotions et de
troubles (sans compter les souffrances), ont une
raison physiologique. Cette idée m'a fait honte,
avant qu'elle ne m'ait calmé. La vie aussi n'est

qu'un secret physiologique. Je ne vois pas pourquoi le plaisir serait méprisable de n'être qu'une
sensation, puisqu'on ne méprise pas la douleur, et
que la douleur en est une. On respecte la douleur,
parce qu'elle n'est pas volontaire, mais c'est une
question de savoir si le plaisir l'est toujours, et si
nous ne le subissons pas. En fût-il autrement, que
ce plaisir librement choisi ne me paraîtrait pas
pour cela plus coupable. Mais ce n'est guère le
lieu de soulever toutes ces questions.

Je sens que je deviens très obscur. Assurément,
il suffirait pour m'expliquer de quelques termes
précis, qui ne sont même pas indécents parce
qu'ils sont scientifiques. Mais je ne les emploierai
pas. Ne croyez pas que je les craigne : on ne doit
plus craindre les mots lorsqu'on a consenti aux
choses. Tout simplement, je ne puis pas. Je ne
puis pas, non seulement par délicatesse et parce
que je m'adresse à vous, je ne puis pas devant
moi-même. Je sais qu'il y a des noms pour toutes
les maladies, et que ce dont je vous parle passe
pour être une maladie. Moi-même, je l'ai cru
longtemps. Mais je ne suis pas un médecin ; je ne
suis même plus sûr d'être un malade. La vie,
Monique, est beaucoup plus complexe que toutes
les définitions possibles ; toute image simplifiée
risque toujours d'être grossière. Ne croyez pas
non plus que j'approuve les poètes d'éviter les
termes exacts, parce qu'ils ne connaissent que
leurs rêves ; il y a beaucoup de vrai dans les rêves
des poètes, mais ils ne sont pas toute la vie. La vie

est quelque chose de plus que la poésie ; elle est
quelque chose de plus que la physiologie, et même
que la morale, à laquelle j'ai cru si longtemps.
Elle est tout cela et bien davantage encore : elle
est la vie. Elle est notre seul bien et notre seule
malédiction. Nous vivons, Monique ; chacun de
nous a sa vie particulière, unique, déterminée par
tout le passé, sur lequel nous ne pouvons rien, et
déterminant à son tour, si peu que ce soit, tout
l'avenir. Sa vie. Sa vie qui n'est qu'à lui-même,
qui ne sera pas deux fois, et qu'il n'est pas
toujours sûr de comprendre tout à fait. Et ce que
je dis là de la vie tout entière, je pourrais le dire de
chaque moment d'une vie. Les autres voient notre
présence, nos gestes, la façon dont les mots se
forment sur nos lèvres ; seuls, nous voyons notre
vie. Cela est étrange : nous la voyons, nous nous
étonnons qu'elle soit ainsi, et nous ne pouvons la
changer. Même lorsque nous la jugeons, nous lui
appartenons encore ; notre approbation ou notre
blâme en fait partie ; c'est toujours elle qui se
reflète elle-même. Car il n'y a rien d'autre ; le
monde, pour chacun de nous, n'existe que dans la
mesure où il confine à notre vie. Et les éléments
qui la composent ne sont pas séparables : je sais
trop bien que les instincts dont nous sommes fiers
et ceux que nous n'avouons pas ont au fond la
même origine. Nous ne pourrions supprimer l'un
d'eux sans modifier tous les autres. Les mots
servent à tant de gens, Monique, qu'ils ne
conviennent plus à personne ; comment un terme

scientifique pourrait-il expliquer une vie ? Il n'explique même pas un fait ; il le désigne. Il le désigne de façon toujours semblable, et pourtant il n'y a pas deux faits identiques dans les vies différentes, ni peut-être dans une même vie. Les faits sont après tout bien simples ; il est facile d'en rendre compte : il se peut que vous les soupçonniez déjà. Mais quand vous sauriez tout, il resterait encore à m'expliquer moi-même.

Cette lettre est une explication. Je ne voudrais pas qu'elle devienne une apologie. Je n'ai pas la folie de souhaiter qu'on m'approuve ; je ne demande même pas d'être admis : c'est une exigence trop haute. Je ne désire qu'être compris. Je vois bien que c'est la même chose, et que c'est désirer beaucoup. Mais vous m'avez tant donné dans les petites choses que j'ai presque le droit d'attendre de vous de la compréhension dans les grandes.

Il ne faut pas que vous m'imaginiez plus solitaire que je n'étais. J'avais parfois des compagnons, je veux dire aussi jeunes que moi. C'était généralement à l'époque des grandes fêtes, où il venait beaucoup de monde. Il arrivait aussi des enfants, que souvent je ne connaissais pas. Ou bien, c'était pour les anniversaires, lorsque nous nous rendions chez des parents très éloignés, qui semblaient vraiment n'exister qu'un jour par an, puisqu'on ne pensait à eux que ce jour-là. Presque tous ces enfants étaient timides comme moi-même : ainsi, nous ne nous amusions pas. Il s'en trouvait d'effrontés, si turbulents qu'on souhaitait qu'ils s'en allassent ; et d'autres, qui ne l'étaient pas moins, mais qui vous tourmentaient sans même qu'on protestât, parce qu'ils étaient beaux ou que leur voix sonnait bien. Je vous ai dit que j'étais un enfant très sensible à la beauté. Je pressentais déjà que la beauté, et les plaisirs qu'elle nous procure, valent tous les sacrifices et même toutes les humiliations. J'étais naturellement humble. Je crois bien que je me laissais tyranniser avec délices. Il m'était très doux d'être moins beau que mes amis ; j'étais heureux de les voir ; je n'imaginais rien d'autre. J'étais heureux de les aimer ; je ne pensais même pas à souhaiter qu'ils m'aimassent. L'amour (pardonnez-moi, mon amie) est un sentiment que je n'ai pas ressenti par la suite ; il faut trop de vertus pour en être capable ; je m'étonne que mon enfance ait pu croire en une passion si vaine, presque toujours menteuse et nullement nécessaire, même à la volupté. Mais l'amour, chez les enfants, est une partie de la candeur : ils se figurent qu'ils aiment parce qu'ils ne s'aperçoivent pas qu'ils désirent. Ces amitiés n'étaient pas fréquentes ; les occasions n'y prêtaient guère ; c'est pour cela peut-être qu'elles demeurèrent très innocentes. Mes amis repartaient, ou bien c'était nous qui retournions à la maison ; la vie solitaire se reformait autour de moi. J'avais l'idée d'écrire des lettres, mais j'étais si peu capable d'y éviter les fautes que je ne les envoyais pas. D'ailleurs, je ne trouvais rien à dire.

La jalousie est un sentiment blâmable, mais il faut pardonner aux enfants de s'y laisser aller, puisque tant de gens raisonnables en sont victimes. J'en ai beaucoup souffert, d'autant plus que je ne l'avouais pas. Je sentais bien que l'amitié ne devrait pas rendre jaloux ; je commençais déjà à redouter d'être coupable. Mais ce que je vous raconte est sûrement bien puéril : tous les enfants ont connu des passions semblables, et l'on aurait tort, n'est-ce pas, d'y voir un danger très grave ?

J'ai été élevé par les femmes. J'étais le dernier fils d'une famille très nombreuse ; j'étais d'une nature maladive ; ma mère et mes sœurs n'étaient pas très heureuses ; voilà bien des raisons pour que je fusse aimé. Il y a tant de bonté dans la tendresse des femmes que j'ai cru longtemps pouvoir remercier Dieu. Notre vie, si austère, était froide en surface ; nous avions peur de mon père ; plus tard, de mes frères aînés ; rien ne rapproche les êtres comme d'avoir peur ensemble. Ni ma mère ni mes sœurs n'étaient très expansives ; il en était de leur présence comme de ces lampes basses, très douces, qui éclairent à peine, mais dont le rayonnement égal empêche qu'il ne fasse trop noir et qu'on ne soit vraiment seul. On ne se figure pas ce qu'a de rassurant, pour un enfant inquiet tel que j'étais alors, l'affection paisible des femmes. Leur silence, leurs paroles sans importance qui ne signifient que leur calme, leurs gestes familiers qui semblent apprivoiser les choses, leurs visages effacés, mais tranquilles, qui

pourtant ressemblaient au mien, m'ont appris la
vénération. Ma mère est morte assez tôt : vous ne
l'avez pas connue; la vie et la mort m'ont
également pris mes sœurs; mais la plupart étaient
alors si jeunes qu'elles pouvaient sembler belles.
Toutes, je pense, avaient déjà leur amour qu'elles
portaient au fond d'elles-mêmes, comme plus
tard, mariées, elles ont porté leur enfant ou la
maladie dont elles devaient mourir. Rien n'est
aussi touchant que ces rêves de jeunes filles, où
tant d'instincts qui dorment s'expriment obscurément; c'est une beauté pathétique, car ils se
dépensent en pure perte, et la vie ordinaire n'en
aura pas l'emploi. Beaucoup de ces amours, je
dois le dire, étaient encore très vagues; elles
avaient pour objets des jeunes gens du voisinage,
et ceux-ci ne le savaient pas. Mes sœurs étaient
très réservées; elles se faisaient rarement de
confidences les unes aux autres; il leur arrivait
parfois d'ignorer ce qu'elles ressentaient. Naturellement, j'étais beaucoup trop jeune pour qu'elles
se confiassent à moi; mais je les devinais; je
m'associais à leurs peines. Lorsque celui qu'elles
aimaient entrait à l'improviste, le cœur me battait, peut-être plus qu'à elles. Il est dangereux,
j'en suis sûr, pour un adolescent très sensible,
d'apprendre à voir l'amour à travers des rêves de
jeunes filles, même lorsqu'elles semblent pures, et
qu'il s'imagine l'être aussi.

Je suis pour la seconde fois sur le bord d'un
aveu; il vaut mieux le faire tout de suite et le faire

tout simplement. Mes sœurs, je le sais bien,
avaient aussi des compagnes, qui vivaient familiè-
rement avec nous, et dont je finissais par me
croire presque le frère. Pourtant, rien ne semblait
empêcher que j'aimasse l'une de ces jeunes filles
et peut-être, vous-même, vous trouvez singulier
que je ne l'aie pas fait. Justement, c'était impossible. Une intimité si familiale, si tranquille, écar-
tait jusqu'aux curiosités, jusqu'aux inquiétudes
du désir, à supposer que j'en eusse été capable
près d'elles. Je ne crois pas le mot de vénération,
que j'employais tout à l'heure, excessif quand il
s'agit d'une femme très bonne ; je le crois de
moins en moins. Je soupçonnais déjà (je m'exagé-
rais même) ce qu'ont de brutal les gestes physiques de l'amour ; il m'eût répugné d'unir ces
images de vie domestique, raisonnable, parfaitement austère et pure, à d'autres, plus passion-
nées. On ne s'éprend pas de ce que l'on respecte,
ni peut-être de ce que l'on aime ; on ne s'éprend
pas surtout de ce à quoi l'on ressemble ; et ce dont
je différais le plus, ce n'était pas des femmes.
Votre mérite, mon amie, n'est pas seulement de
pouvoir tout comprendre, mais de pouvoir tout
comprendre avant qu'on n'ait tout dit. Monique,
me comprenez-vous ?

Je ne sais pas quand je compris moi-même.
Certains détails, que je ne puis vraiment donner,
me prouvent qu'il faudrait remonter très loin,
jusqu'aux premiers souvenirs d'un être, et que les
rêves sont parfois les avant-coureurs du désir.

Mais un instinct n'est pas encore une tentation ; il la rend seulement possible. J'ai paru tout à l'heure expliquer mes penchants par des influences extérieures ; elles ont certainement contribué à les fixer ; mais je vois bien qu'on doit toujours en revenir à des raisons beaucoup plus intimes, beaucoup plus obscures, que nous comprenons mal parce qu'elles se cachent en nous-mêmes. Il ne suffit pas d'avoir de tels instincts pour en éclaircir la cause, et personne, après tout, ne peut l'expliquer tout à fait ; ainsi, je n'insisterai pas. Je voulais seulement montrer que ceux-ci, justement parce qu'ils m'étaient naturels, pouvaient longtemps se développer à mon insu. Les gens qui parlent par ouï-dire se trompent presque toujours, parce qu'ils voient du dehors, et qu'ils voient grossièrement. Ils ne se figurent pas que des actes qu'ils jugent répréhensibles puissent être à la fois faciles et spontanés, comme le sont pourtant la plupart des actes humains. Ils accusent l'exemple, la contagion morale et reculent seulement la difficulté d'expliquer. Ils ne savent pas que la nature est plus diverse qu'on ne suppose ; ils ne veulent pas le savoir, car il leur est plus facile de s'indigner que de penser. Ils font l'éloge de la pureté ; ils ne savent pas combien la pureté peut contenir de trouble ; ils ignorent surtout la candeur de la faute. Entre la quatorzième et la seizième année, j'avais moins de jeunes amis que naguère, parce que j'étais plus sauvage. Pourtant (je m'en aperçois aujourd'hui),

je faillis une ou deux fois être heureux en toute
innocence. Je n'expliquerai pas quelles circonstances m'en empêchèrent : cela est trop délicat, et
j'ai trop à dire pour m'attarder aux circonstances.

Les livres auraient pu m'instruire. J'ai beaucoup entendu incriminer leur influence ; il serait
aisé de m'en prétendre victime ; cela me rendrait
peut-être intéressant. Mais les livres n'ont eu
aucun effet sur moi. Je n'ai jamais aimé les livres.
Chaque fois qu'on les ouvre, on s'attend à quelque révélation surprenante, mais chaque fois
qu'on les ferme, on se sent plus découragé.
D'ailleurs, il faudrait tout lire, et la vie n'y
suffirait pas. Mais les livres ne contiennent pas la
vie ; ils n'en contiennent que la cendre ; c'est là, je
suppose, ce qu'on nomme l'expérience humaine.
Il y avait chez nous bon nombre d'anciens
volumes, dans une chambre où n'entrait personne. C'étaient pour la plupart des recueils de
piété, imprimés en Allemagne, pleins de ce doux
mysticisme morave qui plut à mes aïeules. J'aimais ces sortes de livres. Les amours qu'ils
dépeignent ont toutes les pâmoisons et tout
l'emportement des autres, mais elles n'ont pas de
remords : elles peuvent s'abandonner sans crainte.
Il y avait aussi quelques ouvrages bien différents,
écrits d'ordinaire en français, au cours du
XVIIIᵉ siècle, et qu'on ne met pas entre les mains
des enfants. Mais ils ne me plaisaient pas. La
volupté, je le soupçonnais déjà, est un sujet fort
grave : on doit traiter sérieusement de ce qui

risque de faire souffrir. Je me souviens de certaines pages, qui eussent dû flatter mes instincts, ou
pour mieux dire les éveiller, mais que je tournais
avec indifférence, parce que les images qu'elles
m'offraient étaient beaucoup trop précises. Les
choses dans la vie ne sont jamais précises ; et c'est
mentir que de les dépeindre nues, puisque nous
ne les voyons jamais que dans un brouillard de
désir. Il n'est pas vrai que les livres nous tentent ;
et les événements ne le font pas non plus,
puisqu'ils ne nous tentent qu'à notre heure, et
lorsque vient le temps où tout nous eût tentés. Il
n'est pas vrai que quelques précisions brutales
puissent renseigner sur l'amour ; il n'est pas vrai
qu'il soit facile de reconnaître, dans la simple
description d'un geste, l'émotion que plus tard il
produira sur nous.

La souffrance est une. On parle de la souffrance, comme l'on parle du plaisir, mais on en
parle quand ils ne nous possèdent pas, quand ils
ne nous possèdent plus. Chaque fois qu'ils entrent
en nous, ils nous causent la surprise d'une
sensation nouvelle, et nous devons reconnaître
que nous les avions oubliés. Ils sont nouveaux,
car nous le sommes : nous leur apportons chaque
fois une âme et un corps un peu modifiés par la
vie. Et pourtant la souffrance est une. Nous ne
connaîtrons d'elle, comme nous ne connaîtrons
du plaisir, que quelques formes toujours les
mêmes, et nous en sommes les prisonniers. Il faut
expliquer cela : notre âme, je suppose, n'a qu'un

clavier restreint, et la vie a beau faire, elle n'en
obtient jamais que deux ou trois pauvres notes. Je
me rappelle l'atroce fadeur de certains soirs, où
l'on s'appuie aux choses comme pour s'y abandonner, mes excès de musique, mon besoin maladif de perfection morale, qui n'était peut-être
qu'une transposition du désir. Je me rappelle
certaines larmes, versées lorsque, vraiment, il n'y
avait pas de quoi pleurer ; je reconnais que toutes
mes expériences de la douleur tenaient déjà dans
la première. J'ai pu souffrir davantage, je n'ai pas
souffert autrement ; et d'ailleurs, chaque fois
qu'on souffre, on croit souffrir davantage. Mais la
douleur ne nous apprend rien sur sa cause. Si
j'avais cru quelque chose, j'aurais cru être épris
d'une femme. Seulement, je n'imaginais pas
laquelle.

Je fus mis au collège de Presbourg. Ma santé
n'était pas très bonne ; des troubles nerveux
s'étaient manifestés ; tout cela avait retardé mon
départ. Mais l'instruction reçue à la maison ne
paraissait plus suffisante, et l'on pensait que mon
goût pour la musique contrariait mes études.
C'est vrai qu'elles n'étaient pas brillantes. Elles
ne furent pas meilleures au collège ; j'étais un
élève très médiocre. Mon séjour dans cette académie fut d'ailleurs extrêmement bref ; je passai à
Presbourg un peu moins de deux ans. Bientôt, je
vous dirai pourquoi. Mais n'allez pas vous imaginer des aventures étonnantes : il ne se passa rien,
ou du moins rien ne m'arriva.

J'avais seize ans. J'avais toujours vécu replié
sur moi-même ; les longs mois de Presbourg m'ont
enseigné la vie, je veux dire celle des autres. Ce fut
donc une époque pénible. Lorsque je me tourne
vers elle, je revois un grand mur grisâtre, le morne
alignement des lits, le réveil matinal dans la
froideur du petit jour, où la chair se sent misérable, l'existence régulière, insipide et découra-
geante, comme une nourriture qu'on prend à
contrecœur. La plupart de mes condisciples
appartenaient au milieu dont je sortais moi-
même, et j'en connaissais quelques-uns. Mais la
vie en commun développe la brutalité. J'étais
choqué par celle de leurs jeux, de leurs habitudes,
de leur langage. Rien n'est plus cynique que les
causeries des adolescents, même et surtout lorsqu'ils sont chastes. Beaucoup de mes condisciples
vivaient dans une sorte d'obsession de la femme,
peut-être moins blâmable que je n'imaginais,
mais qui s'exprimait bassement. De pitoyables
créatures aperçues au cours des sorties préoccu-
paient les plus âgés de mes compagnons, mais
elles me causaient une répugnance extraordinaire. J'étais habitué à envelopper les femmes de
tous les préjugés du respect ; je les haïssais dès
qu'elles n'en étaient plus dignes. Mon éducation
sévère l'expliquait en partie, mais il y avait, je le
crains, autre chose dans cette répulsion qu'une
simple preuve d'innocence. J'avais l'illusion de la
pureté. Je souris de penser que c'est souvent

ainsi : nous nous croyons purs tant que nous méprisons ce que nous ne désirons pas.

Je n'ai pas incriminé les livres : j'accuse encore moins les exemples. Je ne crois, mon amie, qu'aux tentations intérieures. Je ne nie point que des exemples me bouleversèrent, mais non comme vous l'imaginez. Je fus terrifié. Je ne dis pas que je fus indigné, c'est un sentiment trop simple. Je crus être indigné. J'étais un jeune garçon scrupuleux, plein de ce qu'on appelle les meilleurs sentiments ; j'attachais une importance presque maladive à la pureté physique, probablement parce que, sans le savoir, j'attachais aussi beaucoup d'importance à la chair ; l'indignation me parut donc naturelle ; et d'ailleurs il me fallait un nom pour désigner ce que j'éprouvais. Je sais maintenant que c'était la peur. Toujours j'avais eu peur, une peur indéterminée, incessante, peur de quelque chose qui devait être monstrueux et me paralyser d'avance. Dès lors, l'objet de cette peur fut précis. C'était comme si je venais de découvrir une maladie contagieuse qui s'étendait autour de moi ; et, bien que je m'affirmasse le contraire, je sentais qu'elle pouvait m'atteindre. Je savais confusément qu'il existait de pareilles choses ; sans doute, je ne me les figurais pas ainsi ; ou (puisqu'il faut tout dire) l'instinct, à l'époque de mes lectures, était moins éveillé. Je m'imaginais ces choses à la façon de faits un peu vagues, qui s'étaient passés autrefois, ou qui se passaient ailleurs, mais qui n'avaient pour moi aucune réalité. Maintenant, je les voyais partout. Le soir, dans mon lit, je suffoquais en y pensant ; je croyais sincèrement que je suffoquais de dégoût. J'ignorais que le dégoût est une des formes de l'obsession, et que, si l'on désire quelque chose, il est plus facile d'y penser avec horreur que de n'y pas penser. J'y pensais continuellement. La plupart de ceux que je soupçonnais n'étaient peut-être pas coupables, mais je finissais par suspecter tout le monde. J'avais l'habitude de l'examen de conscience ; j'aurais dû me suspecter moi-même. Naturellement, je n'en fis rien. Il m'était impossible de me croire, sans aucune preuve matérielle, au niveau de mon propre dégoût ; et je pense encore que je différais des autres.

Un moraliste n'y verrait aucune différence. Pourtant, il me semble que je n'étais pas comme les autres, et même que je valais un peu mieux. D'abord, parce que j'avais des scrupules, et que ceux dont je vous parle n'en avaient certainement pas. Ensuite parce que j'aimais la beauté, que je l'aimais exclusivement, et qu'elle eût limité mon choix, ce qui n'était pas leur cas. Enfin, parce que j'étais plus difficile, ou si l'on veut, plus raffiné. Ce furent même ces raffinements qui me trompèrent. Je pris pour une vertu ce qui n'est qu'une délicatesse, et la scène dont le hasard me fit témoin m'eût certes beaucoup moins choqué si les acteurs en avaient été plus beaux.

A mesure que l'existence en commun me devenait plus pénible, je souffrais davantage

d'être sentimentalement seul. Du moins, j'attri-
buais à ma souffrance une cause sentimentale.
Des choses toutes simples m'irritèrent ; je me crus
soupçonné, comme si j'étais déjà coupable ; une
pensée qui ne me quittait plus m'empoisonna tous
les contacts. Je tombai malade. Il vaut mieux dire
que je devins plus malade, car je l'étais toujours
un peu.

Ce ne fut pas une maladie bien grave. Ce fut
ma maladie, celle que je devais connaître à
plusieurs reprises et que j'avais déjà connue ; car
chacun de nous a sa maladie particulière comme
son hygiène et sa santé, et qu'il est difficile de
déterminer tout à fait. Ce fut une maladie assez
longue ; elle dura plusieurs semaines ; comme il
arrive toujours, elle me rendit un peu de calme.
Les images qui m'avaient obsédé durant la fièvre
s'en allaient avec elle ; il ne m'en restait plus
qu'une honte confuse, pareille à ce mauvais goût
que laisse derrière lui l'accès, et le souvenir se
brouilla dans ma mémoire obscurcie. Alors,
comme une idée fixe ne disparaît un moment que
si une autre la remplace, je vis lentement grandir
ma seconde obsession. La mort me tenta. Il m'a
toujours semblé bien facile de mourir. Ma façon
de concevoir la mort ne différait guère de mes
imaginations sur l'amour : j'y voyais une défail-
lance, une défaite qui serait douce. De ce jour,
durant toute mon existence, ces deux hantises ne
cessèrent d'alterner en moi ; l'une me guérissait
de l'autre et aucun raisonnement ne me guérissait

des deux. J'étais couché dans mon lit d'infirmerie ; je regardais, à travers la vitre, le mur gris de
la cour voisine, et des voix rauques d'enfants
montaient. Je me disais que la vie serait éternelle-
ment ce mur gris, ces voix rauques, et ce malaise
d'un trouble caché. Je me disais que rien n'en
valait la peine, et qu'il serait aisé de ne plus
vouloir vivre. Et lentement, comme une sorte de
réponse que je me faisais à moi-même, une
musique montait en moi. C'était d'abord une
musique funèbre, mais elle cessait bientôt de
pouvoir être appelée ainsi, car la mort n'a plus de
sens où la vie n'atteint pas, et cette musique
planait beaucoup au-dessus d'elles. C'était une
musique paisible, paisible parce qu'elle était
puissante. Elle emplissait l'infirmerie, elle me
roulait sous elle comme dans le bercement d'une
lente houle régulière, voluptueuse, à laquelle je ne
résistais pas, et pendant un instant je me sentais
calmé. Je n'étais plus un jeune garçon maladif
effrayé par soi-même : je me croyais devenu ce
que j'étais vraiment, car tous nous serions trans-
formés si nous avions le courage d'être ce que
nous sommes. A moi, qui suis trop timide pour
rechercher des applaudissements, ou même pour
les supporter, il me semblait facile d'être un grand
musicien, de révéler aux gens cette musique
nouvelle, qui battait en moi à la façon d'un cœur.
La toux d'un autre malade, dans un coin opposé
de la chambre, l'interrompait tout à coup, et je

m'apercevais que mes artères battaient trop vite, tout simplement.

Je guéris. Je connus les émotions de la convalescence et ses larmes à fleur de paupière. Ma sensibilité, affinée par la souffrance, répugnait davantage à tous les froissements du collège. Je souffrais du manque de solitude et du manque de musique. Toute ma vie, la musique et la solitude ont joué pour moi le rôle de calmants. Les combats intérieurs, qui s'étaient livrés en moi sans que je m'en aperçusse, et la maladie, qui les avait suivis, avaient épuisé mes forces. J'étais si faible que je devins très pieux. J'avais la spiritualité facile que donne toute grande faiblesse; elle me permettait de mépriser plus sincèrement ce dont je vous parlais tout à l'heure, et à quoi il m'arrivait de penser encore. Je ne pouvais plus vivre dans un milieu souillé pour moi. J'écrivis à ma mère des lettres absurdes, exagérées et cependant vraies, où je la suppliais de me retirer du collège. Je lui disais que j'y étais malheureux, que je voulais devenir un grand musicien, que je ne lui coûterais plus d'argent, que j'arriverais vite à me suffire à moi-même. Et pourtant, le collège m'était devenu moins odieux qu'autrefois. Plusieurs de mes condisciples, qui d'abord m'avaient brutalisé, se montraient maintenant un peu meilleurs pour moi; j'étais si facile à contenter que j'en éprouvais une grande reconnaissance; je pensais que je m'étais trompé et qu'ils n'étaient pas méchants. Je me souviendrai toujours qu'un

jeune garçon, auquel je n'avais presque jamais
parlé, s'étant aperçu que j'étais fort pauvre et que
ma famille ne m'envoyait presque rien, voulut
absolument partager avec moi je ne sais quelles
douceurs. J'étais devenu d'une sensibilité ridicule
qui m'humiliait moi-même ; j'avais un tel besoin
d'affection que cela me fit fondre en larmes, et je
me rappelle que j'eus honte de mes larmes comme
d'une sorte de péché. De ce jour, nous fûmes
amis. En d'autres circonstances, ce commencement d'amitié m'eût fait souhaiter de remettre
mon départ : il me confirma au contraire dans
mon désir de m'en aller, et cela le plus tôt
possible. J'écrivis à ma mère des lettres encore
plus pressantes. Je la priai de me reprendre sans
retard.

Ma mère fut très bonne. Elle s'est toujours
montrée bonne. Elle vint me chercher elle-même.
Il faut dire aussi que ma pension coûtait cher :
c'était, chaque semestre, un souci pour les miens.
Si mes études avaient été meilleures, je ne crois
pas qu'on m'eût retiré du collège, mais je n'y
faisais rien, mes frères jugeaient que c'était de
l'argent perdu. Il me semble qu'ils n'avaient pas
complètement tort. L'aîné venait de se marier ;
ç'avait été un surcroît de dépenses. Quand je
rentrai à Woroïno, je vis qu'on m'avait relégué
dans une aile éloignée, mais naturellement, je ne
me plaignis pas. Ma mère insista pour que
j'essayasse de manger ; elle voulut me servir elle-
même ; elle me souriait de ce faible sourire qui

paraissait toujours s'excuser de ne pouvoir faire davantage ; sa figure et ses mains me semblèrent usées comme sa robe, et je remarquai que ses doigts, dont j'admirais tant la finesse, commençaient d'être gâtés par le travail comme ceux d'une très pauvre femme. Je sentis bien que je l'avais un peu déçue, qu'elle avait espéré pour moi autre chose que l'avenir d'un musicien, probablement d'un musicien médiocre. Et cependant, elle était contente de me revoir. Je ne lui racontai pas mes tristesses du collège ; elles me paraissaient maintenant tout à fait imaginaires, comparées aux peines et aux efforts que la simple existence représentait pour ma famille, c'était d'ailleurs un récit difficile. Il n'était pas jusqu'à mes frères pour qui je ne ressentisse une sorte de respect ; ils administraient ce qu'on nommait encore le domaine ; c'était plus que je ne faisais, que je ne ferais jamais ; je commençais vaguement à comprendre que cela avait son importance.

Vous pensez que mon retour fut triste ; au contraire, j'étais heureux. Je me sentais sauvé. Vous devinez probablement que c'était de moi-même que je me sentais sauvé. C'était un sentiment ridicule, d'autant plus que je l'ai éprouvé plusieurs fois par la suite, ce qui montre qu'il n'était jamais définitif. Mes années de collège n'avaient été qu'un interlude : je n'y songeais vraiment plus. Je ne m'étais pas encore détrompé de ma prétendue perfection ; j'étais satisfait de vivre selon l'idéal de moralité passive, un peu

morne, que j'entendais prôner autour de moi ; je
croyais que ce genre d'existence pouvait durer
toujours. Je m'étais mis sérieusement au travail ;
j'étais parvenu à remplir mes journées d'une
musique si continue que les moments de silence
me paraissaient de simples pauses. La musique ne
facilite pas les pensées ; elle facilite seulement les
rêves, et les rêves les plus vagues. Je semblais
craindre tout ce qui pouvait me distraire de ceux-
ci, ou peut-être les préciser. Je n'avais renoué
aucune de mes amitiés d'enfance : lorsque les
miens s'en allaient en visite, je priais qu'on me
laissât. C'était une réaction contre la vie en
commun imposée au collège ; c'était aussi une
précaution, mais je la prenais sans me l'avouer à
moi-même. Il passait dans notre région nombre
de vagabonds tziganes ; quelques-uns sont de
bons musiciens, et vous savez que cette race est
quelquefois très belle. Jadis, lorsque j'étais beaucoup plus jeune, j'allais causer avec leurs enfants
à travers les grilles du jardin, et, ne sachant que
dire, je leur donnais des fleurs. Je ne sais pas si les
fleurs les réjouissaient beaucoup. Mais, depuis
mon retour, j'étais devenu raisonnable, et je ne
sortais qu'au grand jour, lorsque la campagne
était claire.

Je n'avais pas d'arrière-pensées ; je pensais le
moins possible. Je me rappelle, avec un peu
d'ironie, que je me félicitais d'être tout entier à
l'étude. J'étais comme un fiévreux qui ne trouve
pas son engourdissement désagréable, mais qui

craint de bouger, parce que le moindre geste
pourrait lui donner des frissons. C'était ce que
j'appelais du calme. J'ai appris par la suite qu'il
faut craindre ce calme, où l'on s'endort lorsqu'on
est près des événements. On se croit tranquille,
peut-être parce que quelque chose, à notre insu,
s'est déjà décidé en nous.

Et ce fut alors que cela eut lieu, un matin pareil
aux autres, où rien, ni mon esprit, ni mon corps,
ne m'avertissaient plus nettement qu'à l'ordinaire. Je ne dis pas que les circonstances me
surprirent : elles s'étaient déjà présentées sans
que je les accueillisse, mais les circonstances sont
ainsi. Elles sont timides et infatigables ; elles vont
et viennent devant notre porte, toujours semblables à elles-mêmes, et il dépend de nous que nous
tendions la main pour arrêter ces passantes.
C'était un matin comme tous les matins possibles,
ni plus lumineux, ni plus voilé. Je marchais en
pleine campagne, dans un chemin bordé par des
arbres ; tout était silencieux comme si tout s'écou-
tait vivre ; mes pensées, je vous l'affirme, n'étaient
pas moins innocentes que cette journée qui commençait. Du moins, je ne puis me souvenir de
pensées qui ne fussent pas innocentes, car, lorsqu'elles cessèrent de l'être, je ne les contrôlais
déjà plus. En ce moment, où je parais m'éloigner
de la nature, il me faut la louer d'être partout
présente, sous la forme de nécessité. Le fruit ne
tombe qu'à son heure, lorsque son poids l'entraî-
naît depuis longtemps vers la terre : il n'y a pas

d'autre fatalité que ce mûrissement intime. Je n'ose vous dire cela que d'une façon très vague ; j'allais, je n'avais pas de but ; ce ne fut pas ma faute si, ce matin-là, je rencontrai la beauté...

Je rentrai. Je ne veux pas dramatiser les choses : vous vous apercevriez vite que je dépasse la vérité. Ce que j'éprouvais n'était pas de la honte, c'était encore moins du remords, c'était plutôt de la stupeur. Je n'avais pas imaginé tant de simplicité dans ce qui m'épouvantait d'avance : la facilité de la faute déconcertait le repentir. Cette simplicité, que le plaisir m'enseignait, je l'ai retrouvée plus tard dans la grande pauvreté, dans la douleur, dans la maladie, dans la mort, je veux dire dans la mort des autres, et j'espère bien un jour la retrouver dans ma mort. Ce sont nos imaginations qui s'efforcent d'habiller les choses, mais les choses sont divinement nues. Je rentrai. La tête me tournait un peu ; je n'ai jamais pu me rappeler comment je passai la journée ; le frémissement de mes nerfs fut lent à mourir en moi. Je me souviens seulement de mon retour dans ma chambre, le soir, et de larmes absurdes, nullement pénibles, qui n'étaient qu'une détente. J'avais confondu toute ma vie le désir et la crainte ; je ne ressentais plus ni l'un ni l'autre. Je ne dis pas que j'étais heureux : je n'avais pas assez l'habitude du bonheur ; j'étais seulement stupéfait d'être si peu bouleversé.

Tout bonheur est une innocence. Il faut, même si je vous scandalise, répéter ce mot qui paraît toujours misérable, car rien ne prouve mieux notre misère que l'importance du bonheur. Pendant quelques semaines, je vécus les yeux fermés. Je n'avais pas abandonné la musique ; je sentais au contraire une grande facilité à me mouvoir en elle ; vous connaissez cette légèreté que l'on éprouve au fond des rêves. Il semblait que les minutes matinales me libérassent de mon corps pour le reste du jour. Mes impressions d'alors, si diverses qu'elles fussent, sont une dans ma mémoire : l'on eût dit que ma sensibilité, n'étant plus bornée à moi seul, se fût dilatée dans les choses. L'émotion du matin se prolongeait dans les phrases musicales du soir ; — telle nuance des saisons, telle odeur, telle ancienne mélodie dont je m'épris alors sont demeurées pour moi d'éternelles tentatrices, parce qu'elles me parlent d'un autre. Puis, un matin, il ne vint plus. Ma fièvre tomba : ce fut comme un réveil. Je ne puis comparer cela qu'à l'étonnement produit par le silence, quand la musique a cessé.

Je dus réfléchir. Naturellement, je ne pouvais me juger que d'après les idées admises autour de moi : j'aurais trouvé plus abominable encore de ne pas avoir horreur de ma faute que de l'avoir commise ; je me condamnais donc sévèrement. Ce qui m'effrayait surtout, c'était d'avoir pu vivre ainsi, être heureux pendant plusieurs semaines, avant d'être frappé par l'idée du péché. Je cherchais à me rappeler les circonstances de cet acte ; je n'y parvenais pas ; elles me boulever-

saient beaucoup plus qu'au moment où je le
vivais, car en de tels moments je ne me regardais
pas vivre. Je m'imaginais avoir cédé à une folie
passagère ; je ne voyais pas que mes examens de
conscience m'eussent rapidement mené à une
folie bien pire : j'étais trop scrupuleux pour ne
pas m'efforcer d'être le plus malheureux possible.

J'avais, dans ma chambre, un de ces petits
miroirs d'autrefois, qui sont toujours un peu
troubles, comme si des haleines en avaient terni la
glace. Puisque quelque chose de si grave avait eu
lieu en moi, il me semblait naïvement que je
devais être changé, mais le miroir ne me renvoyait
que mon image ordinaire, un visage indécis,
effrayé et pensif. J'y passais la main, moins pour
en effacer la trace d'un contact que pour m'assurer que c'était bien moi-même. Ce qui rend peut-
être la volupté si terrible, c'est qu'elle nous
enseigne que nous avons un corps. Auparavant, il
ne nous servait qu'à vivre. Maintenant, nous
sentons que ce corps a son existence particulière,
ses rêves, sa volonté, et que, jusqu'à notre mort, il
nous faudra tenir compte de lui, céder, transiger
ou lutter. Nous sentons (nous croyons sentir) que
notre âme n'est que son meilleur rêve. Il m'est
arrivé, seul, devant un miroir qui dédoublait mon
angoisse, de me demander ce que j'avais de
commun avec mon corps, avec ses plaisirs ou ses
maux, comme si je ne lui appartenais pas. Mais je
lui appartiens, mon amie. Ce corps, qui paraît si
fragile, est cependant plus durable que mes

résolutions vertueuses, peut-être même que mon âme, car l'âme souvent meurt avant lui. Cette phrase, Monique, vous choque sans doute plus que ma confession tout entière : vous croyez en l'âme immortelle. Pardonnez-moi d'être moins sûr que vous, ou d'avoir moins d'orgueil ; l'âme ne me paraît souvent qu'une simple respiration du corps.

Je croyais en Dieu. J'en avais une conception très humaine, c'est-à-dire très inhumaine, et je me jugeais abominable devant lui. La vie, qui seule nous apprend la vie, nous explique par surcroît les livres : certains passages de la Bible, que j'avais lus négligemment, prirent pour moi une intensité nouvelle ; ils m'épouvantèrent. Parfois, je me disais que cela avait eu lieu, que rien n'empêcherait que cela ait eu lieu, et qu'il fallait m'y résigner. Il en était de cette pensée comme de celle de la damnation : elle me calmait. Il y a un apaisement au fond de toute grande impuissance. Je me promis seulement que cela n'arriverait plus ; je le jurai à Dieu, comme si Dieu acceptait les serments. Ma faute, pour témoin, n'avait eu qu'un complice et celui-ci n'était plus là. C'est l'opinion d'autrui qui confère à nos actes une sorte de réalité ; les miens, n'étant sus de personne, n'en avaient guère plus que les gestes accomplis en rêve. J'aurais pu, tant mon esprit fatigué se réfugiait dans le mensonge, finir par affirmer que rien n'avait eu lieu : il n'est pas plus absurde de nier le passé que d'engager l'avenir.

Ce que j'avais éprouvé n'était rien moins qu'un amour ; ce n'était pas même une passion. Si ignorant que je fusse, je m'en rendais bien compte. C'était un entraînement que je pouvais croire extérieur. Je rejetais la responsabilité tout entière sur celui qui l'avait seulement partagée ; je me persuadais que ma séparation d'avec lui avait été volontaire, qu'elle était méritoire. Je savais bien que ce n'était pas vrai, mais enfin, ç'aurait pu l'être : notre mémoire est notre dupe aussi. A force de nous répéter ce que nous aurions dû faire, nous finissons par trouver impossible que nous ne l'ayons pas fait. Le vice consistait pour moi dans l'habitude du péché ; je ne savais pas qu'il est plus difficile de ne céder qu'une fois, que de ne céder jamais ; expliquant ma faute comme un effet des circonstances, où je me promettais de ne plus m'exposer, je la séparais en quelque sorte de moi-même pour n'y plus voir qu'un accident. Mon amie, il faut tout vous dire : depuis que je m'étais juré de ne plus la commettre, je regrettais un peu moins de l'avoir une fois goûtée.

Je vous épargne le récit des transgressions nouvelles, qui m'ôtèrent l'illusion de n'être qu'à demi coupable. Vous me reprocheriez de m'y complaire ; vous auriez peut-être raison. Je suis maintenant si loin de l'adolescent que j'étais, de ses idées, de ses souffrances, que je me penche vers lui avec une sorte d'amour ; j'ai envie de le plaindre, et presque de le consoler. Ce sentiment, Monique, me porte à réfléchir : je me demande si ce n'est pas le souvenir de notre jeunesse qui nous trouble devant celle des autres. J'étais effrayé de la facilité avec laquelle, moi, si timide, si lent d'esprit, j'arrivais à prévoir les complicités possibles ; je me reprochais, non pas tant mes fautes que la vulgarité des circonstances, comme s'il n'avait tenu qu'à moi de les choisir moins basses. Je n'avais pas l'apaisement de me croire irresponsable : je sentais bien que mes actes étaient volontaires, mais je ne les voulais qu'en les accomplissant. On eût dit que l'instinct, pour prendre possession de moi, attendait que la conscience s'en allât ou qu'elle fermât les yeux. J'obéissais tour à tour à deux volontés contraires, qui ne se heurtaient pas, puisqu'elles se succédaient. Quelquefois, pourtant, une occasion s'offrait, que je ne saisissais pas : j'étais timide. Ainsi, mes victoires sur moi-même n'étaient qu'une autre défaite ; nos défauts sont parfois les meilleurs adversaires que nous opposions à nos vices.

Je n'avais personne à qui demander un conseil. La première conséquence de penchants interdits est de nous murer en nous-mêmes : il faut se taire, ou n'en parler qu'à des complices. J'ai beaucoup souffert, dans mes efforts pour me vaincre, de ne pouvoir attendre ni encouragement ni pitié, ni même ce peu d'estime que mérite toute bonne volonté. Je n'avais jamais eu d'intimité avec mes frères ; ma mère, qui était pieuse et triste, avait sur moi des illusions touchantes ; elle m'en aurait voulu de lui ôter l'idée très pure, très douce, et un peu fade qu'elle se faisait de son enfant. Si j'avais osé me confesser aux miens, ce qu'ils m'eussent le moins pardonné, ç'aurait été, précisément, cette confession. J'aurais mis ces gens scrupuleux dans une situation difficile, que l'ignorance leur évitait ; j'aurais été surveillé, je n'aurais pas été aidé. Notre rôle, dans la vie de famille, est fixé une fois pour toutes, par rapport à celui des autres. On est le fils, le frère, le mari, que sais-je ? Ce rôle nous est particulier comme notre nom, l'état de santé qu'on nous suppose, et les égards qu'on doit ou ne doit pas nous montrer. Le reste n'a pas d'importance ; le reste, c'est notre vie. J'étais à table, ou bien dans un salon paisible ; j'avais des instants d'agonie, où je me figurais mourir ; je m'étonnais qu'on ne le vît pas. Il semble alors que l'espace entre nous et les nôtres devienne infranchissable : on se débat dans la solitude comme au centre d'un cristal. J'en venais à penser que ces gens étaient assez sages pour comprendre, ne pas intervenir et ne pas s'étonner. Cette hypothèse, si l'on y songe, pourrait peut-être expliquer Dieu. Mais, lorsqu'il s'agit des gens ordinaires, il est inutile de leur prêter de la sagesse ; il suffit de l'aveuglement.

Si vous pensez à ma vie familiale, que je vous ai décrite, vous devez comprendre que cette ambiance était morne comme un très long novembre. Il me semblait qu'une existence moins triste serait aussi plus pure ; je pensais, d'ailleurs, avec justesse, que rien ne pousse aux extravagances de l'instinct comme la régularité d'une vie trop raisonnable. Nous passâmes l'hiver à Presbourg. La santé d'une de mes sœurs rendait nécessaire le séjour dans une ville, et la proximité des médecins. Ma mère, qui faisait de son mieux pour contribuer à mon avenir, avait insisté pour que je prisse des leçons d'harmonie ; on disait autour de moi que j'avais fait de grands progrès. Il est certain que je travaillais comme travaillent ceux qui cherchent un refuge dans une occupation. Le musicien qui m'enseignait (c'était un homme assez médiocre, mais plein de bonne volonté) conseillait à ma mère de m'envoyer finir à l'étranger mon éducation musicale. Je savais que l'existence serait là-bas difficile ; pourtant, je désirais partir. Nous tenons par tant d'attaches aux lieux où nous avons vécu qu'il nous semble en les quittant plus facile de nous quitter.

Ma santé, qui s'était beaucoup raffermie, n'était plus un obstacle, seulement ma mère me trouvait trop jeune. Elle craignait peut-être les tentations où m'exposerait une vie plus libre ; elle se figurait, je suppose, que l'existence familiale m'en avait préservé. Beaucoup de parents sont ainsi. Elle comprenait bien qu'il m'était nécessaire de gagner un peu d'argent, mais elle pensait sans doute que je pouvais attendre. Je ne devinais pas, alors, le pathétique de son refus. J'ignorais qu'elle n'avait plus longtemps à vivre.

Un soir, à Presbourg, peu de temps après la mort de ma sœur, je rentrai plus désemparé qu'à l'ordinaire. J'avais beaucoup aimé ma sœur. Je ne prétends pas que sa mort m'affligea outre mesure ; j'étais trop tourmenté pour être très ému. La souffrance nous rend égoïstes, car elle nous absorbe tout entiers : c'est plus tard, sous forme de souvenir, qu'elle nous enseigne la compassion. Je rentrai un peu moins tôt que je ne me l'étais promis ; mais je n'avais pas fixé d'heure à ma mère ; elle ne m'attendait donc pas. Je la trouvai, quand je poussai la porte, assise dans l'obscurité. Ma mère, dans les derniers temps de sa vie, se plaisait à demeurer sans rien faire, aux approches de la nuit. Il semblait qu'elle voulût s'habituer à l'inaction et aux ténèbres. Son visage, je suppose, prenait alors cette expression plus calme, plus sincère aussi, que nous avons lorsque nous sommes tout à fait seuls et qu'il fait complètement noir. J'entrai. Ma mère n'aimait pas qu'on la surprît ainsi. Elle me dit, comme pour s'excuser, que la lampe venait de s'éteindre, mais j'y posai les mains : le verre n'en était même pas tiède. Elle s'aperçut bien que j'avais quelque chose : nous sommes plus clairvoyants, quand il fait noir, parce que nos yeux ne nous trompent pas. En tâtonnant, je m'assis près d'elle. J'étais dans un état d'alanguissement un peu spécial, que je connaissais trop bien ; il me semblait qu'un aveu allait couler hors de moi, involontairement, à la façon des larmes. J'allais peut-être tout raconter quand la servante entra avec une autre lampe.

Alors, je sentis que je ne pourrais plus rien dire,

que je ne supporterais pas l'expression que prendrait le visage de ma mère, lorsqu'elle m'aurait compris. Ce peu de lumière m'épargna une faute irréparable, inutile. Les confidences, mon amie, sont toujours pernicieuses, quand elles n'ont pas pour but de simplifier la vie d'un autre.

J'avais été trop loin pour m'en tenir au silence ; je dus parler. Je dépeignais la tristesse de mon existence, mes chances d'avenir indéfiniment reculées, la sujétion où mes frères me retenaient dans la famille. Je pensais à une sujétion bien pire, dont j'espérais me délivrer en partant. Je mis, dans ces pauvres plaintes, toute la détresse que j'aurais mise dans un autre aveu, que je ne pouvais faire, et qui m'importait seul. Ma mère se taisait ; je compris que je l'avais persuadée. Elle se leva pour gagner la porte. Elle était faible et fatiguée ; je sentis combien il lui était pénible de ne pas me dire non. C'était peut-être comme si elle avait perdu un second enfant. Je souffrais de ne pouvoir lui donner la vraie cause de mon insistance ; elle devait me croire égoïste : j'aurais voulu lui dire que je ne m'en irais pas.

Le lendemain, elle me fit appeler ; nous parlâmes de mon départ comme s'il avait toujours été convenu entre nous. Ma famille n'était pas assez riche pour me faire une pension ; je devrais travailler pour vivre. Afin de me faciliter les débuts, ma mère me donna, en grand secret, une somme prise sur son argent personnel. Ce n'était pas une somme importante, mais elle nous le

parut à tous deux. Je l'ai remboursée en partie,
dès que cela me fut possible, mais ma mère est
morte trop vite ; je n'ai pu m'acquitter tout à fait.
Ma mère croyait à mon avenir. Si jamais j'ai
désiré un peu de gloire, c'est parce que je savais
qu'elle en serait heureuse. Ainsi, à mesure que
disparaissent ceux que nous avons aimés, dimi-
nuent les raisons de conquérir un bonheur que
nous ne pouvons plus goûter ensemble.

J'allais avoir dix-neuf ans. Ma mère tenait à ce
que je ne partisse qu'après mon anniversaire ; je
revins donc à Woroïno. Durant les quelques
semaines que j'y passai, je n'eus à me reprocher
aucun acte, et presque aucun désir. J'étais naïvement occupé de préparer mon départ ; je désirais
m'en aller avant le temps de Pâques, qui ramène
dans le pays trop d'étrangers. Le dernier soir, je
fis mes adieux à ma mère. Nous nous séparâmes
simplement. Il y a quelque chose de blâmable à se
montrer trop tendre, lorsqu'on s'en va, comme
pour se faire regretter. Puis, les baisers volup-
tueux nous désapprennent les autres ; on ne sait
plus, ou l'on n'ose plus. Je voulais partir le
lendemain de très bonne heure, sans déranger
personne. Je passai la nuit dans ma chambre,
devant ma fenêtre ouverte, à imaginer mon
avenir. C'était une nuit immense et claire. Le
parc n'était séparé du grand chemin que par une
grille ; des gens attardés passaient sur la route en
silence ; j'entendais dans l'éloignement leurs pas
lourds ; soudain, leur chant triste monta. Il se

peut que ces pauvres gens ne pensaient, ne souffraient qu'obscurément, à la façon des choses. Mais leur chant contenait ce qu'ils pouvaient avoir d'âme. Ils chantaient seulement pour alléger leur marche; ils ne savaient pas ce qu'ils exprimaient ainsi. Je me souviens d'une voix de femme, si limpide qu'elle aurait pu voler sans fatigue, indéfiniment, jusqu'à Dieu. Je ne croyais pas impossible que la vie tout entière devînt une ascension pareille; je me le promis solennellement. Il n'est pas difficile de nourrir des pensées admirables lorsque les étoiles sont présentes. Il est plus difficile de les garder intactes dans la petitesse des journées; il est plus difficile d'être devant les autres ce que nous sommes devant Dieu.

J'arrivai à Vienne. Ma mère m'avait inculqué contre l'Autriche toutes les préventions des Moraves; je passai une première semaine si cruelle que j'aime mieux n'en rien dire. Je pris une chambre dans une maison assez pauvre. J'étais plein de bonnes intentions; je me rappelle que je croyais pouvoir ranger méthodiquement mes désirs et mes peines, comme on range les objets dans le tiroir d'un meuble. Il y a, dans les renoncements de la vingtième année, un enivrement amer. J'avais lu, j'ignore dans quel livre, que certains troubles ne sont pas rares, à une époque déterminée de l'adolescence; j'antidatais mes souvenirs pour me prouver qu'il s'agissait d'incidents très banals, limités à une période de la vie que j'avais dépassée. Je ne songeais même pas aux autres formes du bonheur; il me fallait donc choisir entre mes penchants, que je jugeais criminels, et une renonciation complète qui n'est peut-être pas humaine. Je choisis. Je me condamnai, à vingt ans, à l'absolue solitude des sens et du cœur. Ainsi commencèrent plusieurs années de luttes, d'obsessions, de sévérité. Il ne m'appartient pas de dire que mes efforts furent admirables; on pourrait dire qu'ils furent insensés. En tout cas, c'est quelque chose que de les avoir faits; ils me permettent aujourd'hui de m'accepter plus honorablement moi-même. Justement parce que j'aurais pu trouver, dans cette ville inconnue, des occasions plus faciles, je me crus tenu de les repousser toutes; je ne voulais pas manquer à la confiance qu'on m'avait montrée en me laissant partir. Pourtant, il est étrange de voir avec quelle rapidité nous nous habituons à nous-mêmes; je trouvais méritoire de renoncer à ce dont, quelques mois plus tôt, je croyais avoir horreur.

Je vous ai dit que je m'étais logé dans une maison assez misérable. Mon Dieu, je ne prétendais à rien d'autre. Mais ce qui rend la pauvreté si dure, ce ne sont pas les privations, c'est la promiscuité. Notre situation, à Presbourg, m'avait évité les contacts sordides que l'on subit dans les villes. Malgré les recommandations dont m'avait muni ma famille, il me fut longtemps difficile, à mon âge, de trouver à donner des leçons. Je n'aimais pas à me mettre en avant; je

ne savais donc pas m'y prendre. Il me sembla
pénible de servir d'accompagnateur dans un
théâtre, où ceux qui m'entouraient crurent me
mettre à l'aise, à force de familiarité. Ce ne fut pas
là que je pris meilleure opinion des femmes qu'on
est censé pouvoir aimer. J'étais malheureusement
très sensible aux aspects extérieurs des choses ; je
souffrais de la maison où j'habitais ; je souffrais
des gens que j'y devais parfois rencontrer. Vous
pensez bien qu'ils étaient vulgaires. Mais j'ai
toujours été aidé, dans mes rapports avec les gens,
par l'idée qu'ils ne sont pas très heureux. Les
choses non plus ne sont pas très heureuses ; c'est
ce qui fait que nous nous prenons d'amitié pour
elles. Ma chambre m'avait d'abord répugné ; elle
était triste, avec une sorte de fausse élégance qui
serrait le cœur, parce qu'on sentait qu'on n'avait
pu faire mieux. Elle n'était pas non plus très
propre : on voyait que d'autres personnes y
avaient passé avant moi, et cela me dégoûtait un
peu. Puis je finis par m'intéresser à ce qu'avaient
pu être ceux-là, et à m'imaginer leur vie.
C'étaient comme des amis, avec lesquels je ne
pouvais me brouiller, parce que je ne les connaissais pas. Je me disais qu'ils s'étaient assis à cette
table pour faire péniblement leurs comptes de la
journée, qu'ils avaient allongé dans ce lit leur
sommeil ou leur insomnie. Je pensais qu'ils
avaient eu leurs aspirations, leurs vertus, leurs
vices, et leurs misères, comme j'avais les miennes.

Je ne sais pas, mon amie, à quoi nous serviraient nos tares, si elles ne nous enseignaient la pitié.

Je m'habituai. On s'habitue facilement. Il y a une jouissance à savoir qu'on est pauvre, qu'on est seul et que personne ne songe à nous. Cela simplifie la vie. Mais c'est aussi une grande tentation. Je revenais tard, chaque nuit, par les faubourgs presque déserts à cette heure, si fatigué que je ne sentais plus la fatigue. Les gens que l'on rencontre dans les rues, pendant le jour, donnent l'impression d'aller vers un but précis, que l'on suppose raisonnable, mais, la nuit, ils paraissent marcher dans leurs rêves. Les passants me semblaient, comme moi, avoir l'aspect vague des figures qu'on voit dans les songes, et je n'étais pas sûr que toute la vie ne fût pas un cauchemar inepte, épuisant, interminable. Je n'ai pas à vous dire la fadeur de ces nuits viennoises. J'apercevais quelquefois des couples d'amants étalés sur le seuil des portes, prolongeant tout à l'aise leurs entretiens, ou leurs baisers peut-être ; l'obscurité, autour d'eux, rendait plus excusable l'illusion réciproque de l'amour ; et j'enviais ce contentement placide, que je ne désirais pas. Mon amie, nous sommes bien étranges. J'éprouvais pour la première fois un plaisir de perversité à différer des autres ; il est difficile de ne pas se croire supérieur, lorsqu'on souffre davantage, et la vue des gens heureux donne la nausée du bonheur.

J'avais peur de me retrouver dans ma chambre, de m'étendre sur le lit, où j'étais sûr de ne pouvoir dormir. Pourtant, il fallait en venir là. Même lorsque je ne rentrais qu'à l'aube, ayant contrevenu à mes promesses envers moi-même (je vous assure, Monique, cela m'arrivait rarement), il fallait bien finir par remonter chez moi, ôter de nouveau mes vêtements comme j'aurais souhaité, peut-être, pouvoir me débarrasser de mon corps, et m'allonger entre les draps, où cette fois le sommeil venait. Le plaisir est trop éphémère, la musique ne nous soulève un moment que pour nous laisser plus tristes, mais le sommeil est une compensation. Même lorsqu'il nous a quittés, il nous faut quelques secondes pour recommencer à souffrir ; et l'on a, chaque fois qu'on s'endort, la sensation de se livrer à un ami. Je sais bien que c'est un ami infidèle, comme tous les autres ; lorsque nous sommes trop malheureux il nous abandonne aussi. Mais nous savons qu'il reviendra tôt ou tard, peut-être sous un autre nom, et que nous finirons par reposer en lui. Il est parfait quand il est sans rêves ; on pourrait dire que, chaque soir, il nous réveille de la vie.

J'étais absolument seul. Je me suis tu, jusqu'à présent, sur les visages humains où s'est incarné mon désir ; je n'ai interposé, entre vous et moi, que des fantômes anonymes. Ne croyez pas qu'une pudeur m'y contraigne, ou la jalousie qu'on éprouve même à l'égard de ses souvenirs. Je ne me vante pas d'avoir aimé. J'ai trop senti combien peu durables sont les émotions les plus vives, pour vouloir, du rapprochement d'êtres périssables, engagés de toutes parts dans la mort, tirer un sentiment qui se prétende immortel. Ce qui nous émeut chez un autre ne lui est après tout que prêté par la vie. Je sens trop bien que l'âme vieillit comme la chair, n'est, chez les meilleurs, que l'épanouissement d'une saison, un miracle éphémère, comme la jeunesse elle-même. A quoi bon, mon amie, nous appuyer à ce qui passe ?

J'ai craint les liens d'habitude, faits d'attendrissements factices, de duperie sensuelle et d'accoutumance paresseuse. Je n'aurais pu, ce me semble, aimer qu'un être parfait ; je serais trop médiocre pour mériter qu'il m'accueille, même s'il m'était possible de le trouver un jour. Ce n'est pas tout, mon amie. Notre âme, notre esprit, notre corps, ont des exigences le plus souvent contradictoires ; je crois malaisé de joindre des satisfactions si diverses sans avilir les unes et sans décourager les autres. Ainsi, j'ai dissocié l'amour. Je ne veux pas flatter mes actes d'explications métaphysiques, quand ma timidité est une cause suffisante. Je me suis presque toujours borné à des complicités banales, par une obscure terreur de m'attacher et de souffrir. C'est assez d'être le prisonnier d'un instinct, sans l'être aussi d'une passion ; et je crois sincèrement n'avoir jamais aimé.

Puis des souvenirs me reviennent. Ne vous effrayez pas : je ne décrirai rien ; je ne vous dirai pas les noms ; j'ai même oublié les noms, ou ne les ai jamais sus. Je revois la courbe particulière

d'une nuque, d'une bouche ou d'une paupière,
certains visages aimés pour leur tristesse, le pli de
lassitude qui abaissait leurs lèvres, ou même ce je
ne sais quoi d'ingénu qu'a la perversité d'un être
jeune, ignorant et rieur ; tout ce qui affleure d'âme
à la surface d'un corps. Je pense à des inconnus
qu'on ne reverra pas, qu'on ne tient pas à revoir
et qui, à cause de cela même, se racontent ou se
taisent avec sincérité. Je ne les aimais pas : je ne
désirais pas refermer les mains sur le peu de
bonheur qui m'était apporté ; je ne souhaitais
d'eux ni compréhension, ni même la durée d'une
tendresse : simplement, j'écoutais leur vie. La vie
est le mystère de chaque être : elle est si admirable qu'on peut toujours l'aimer. La passion a
besoin de cris, l'amour lui-même se complaît dans
les mots, mais la sympathie peut être silencieuse.
Je l'ai ressentie, non seulement à des minutes
prévues de gratitude et d'apaisement, mais envers
des êtres que je n'associais à l'idée d'aucune joie.
Je l'ai connue en silence, puisque ceux qui
l'inspirent ne la comprendraient pas ; il n'est pas
nécessaire que quelqu'un la comprenne. J'ai aimé
de la sorte les figures de mes rêves, de pauvres
gens médiocres, et quelquefois des femmes. Mais
les femmes, bien qu'elles disent le contraire, ne
voient dans la tendresse qu'un acheminement
vers l'amour.

J'avais, pour voisine de chambre, une personne
assez jeune qui se nommait Marie. Ne vous
imaginez pas que Marie fût très belle ; c'était une

physionomie ordinaire, qui passait inaperçue.
Marie était un peu mieux qu'une servante. Elle
travaillait pourtant, et je ne crois pas que son
travail aurait suffi à la faire vivre. En tout cas,
lorsque j'allais chez elle, je la trouvais toujours
seule. Elle s'arrangeait, je suppose, pour l'être à
ces heures-là.

Marie n'était pas intelligente, ni peut-être très
bonne, mais elle était serviable, comme sont les
pauvres gens qui savent la nécessité de l'entraide.
Il semble que la solidarité se dépense, chez eux,
en petite monnaie journalière. On doit être reconnaissant des moindres bons procédés ; c'est pourquoi je parle de Marie. Elle n'avait d'autorité sur
personne ; elle aimait, je pense, à en avoir sur
moi ; elle me donnait des conseils sur la façon de
me vêtir chaudement, ou d'allumer mon feu, et
s'occupait à ma place de petits riens utiles. Je
n'ose dire que Marie me rappelait mes sœurs ;
pourtant, je retrouvais là ces doux gestes de
femme, qu'enfant j'avais aimés. On voyait qu'elle
s'efforçait d'avoir de belles manières, et c'est déjà
méritoire. Marie croyait aimer la musique ; elle
l'aimait véritablement : par malheur, elle avait
très mauvais goût. C'était un mauvais goût
presque touchant à force d'être ingénu ; les sentiments les plus conventionnels lui paraissaient les
plus beaux : on eût dit que son âme, comme sa
personne, se contentait de parures fausses. Marie
pouvait mentir le plus sincèrement du monde. Je
suppose qu'elle vivait, comme la plupart des

femmes, d'une existence imaginaire où elle était
meilleure et plus heureuse que dans l'autre. Par
exemple, si je l'avais interrogée, elle m'aurait
affirmé n'avoir jamais eu d'amants ; elle aurait
pleuré si je ne l'avais pas crue. Elle avait, au fond
d'elle-même, le souvenir d'une enfance vécue à la
campagne, dans un milieu très honorable, et celui
d'un vague fiancé. Elle avait aussi d'autres souvenirs, dont elle ne parlait pas. La mémoire des
femmes ressemble à ces tables anciennes dont
elles se servent pour coudre. Il y a des tiroirs
secrets ; il y en a, fermés depuis longtemps et qui
ne peuvent s'ouvrir ; il y a des fleurs séchées qui
ne sont plus que de la poussière de roses ; des
écheveaux emmêlés, quelquefois des épingles. La
mémoire de Marie était très complaisante : elle
devait lui servir à broder son passé.

J'allais chez elle, le soir, lorsqu'il commençait à
faire froid, et que j'avais peur d'être seul. Notre
conversation était certainement insipide, mais il y
a je ne sais quoi d'apaisant, pour ceux qui se
tourmentent sans cesse, à entendre une femme
parler de choses insignifiantes. Marie était paresseuse : elle ne s'étonnait pas que je travaillasse
très peu. Je n'ai rien d'un prince de légende.
J'ignorais que les femmes, surtout lorsqu'elles
sont pauvres, croient souvent avoir rencontré le
personnage de leurs rêves, même lorsque la
ressemblance est extrêmement lointaine. Ma
situation, et peut-être mon nom, avaient pour
Marie un prestige romanesque, que je concevais

mal. Bien entendu, je lui avais toujours montré la
plus grande réserve ; elle en était flattée, au
commencement, comme d'une délicatesse dont
elle n'avait pas l'habitude. Je ne devinais pas ses
pensées, lorsqu'elle cousait en silence ; je croyais
simplement qu'elle me voulait du bien ; et puis,
certaines idées ne me venaient même pas.

Peu à peu, je m'aperçus que Marie se montrait
beaucoup plus froide. Il y avait, dans ses moindres paroles, une sorte de déférence agressive,
comme si elle s'était subitement rendu compte
que je sortais d'un milieu jugé très supérieur au
sien. Je sentais qu'elle était fâchée. Je ne m'étonnais pas que l'affection de Marie fût passée : tout
passe. Je voyais seulement qu'elle était triste ;
j'avais la naïveté de ne pas deviner pourquoi. Je
croyais impossible qu'elle soupçonnât certain côté
de mon existence ; je ne me rendais pas compte
qu'elle s'en fût peut-être moins scandalisée que
moi-même. Enfin, d'autres circonstances survin-
rent ; je dus me loger dans une maison plus
pauvre, ma chambre étant devenue trop coûteuse
pour moi. Je ne revis jamais Marie. Comme il est
difficile, quelques précautions qu'on prenne, de
ne pas faire souffrir...

Je continuais à lutter. Si la vertu consiste en
une série d'efforts, je fus irréprochable. J'appris le
danger des renoncements trop rapides ; je cessai
de croire que la perfection se trouve de l'autre
côté d'un serment. La sagesse, comme la vie, me
parut faite de progrès continus, de recommence-

ments, de patience. Une guérison plus lente me
sembla moins précaire : je me contentai, à la
façon des pauvres, de petits gains misérables.
J'essayai d'espacer les crises ; j'en vins à un calcul
maniaque des mois, des semaines, des jours. Sans
l'avouer, pendant ces périodes d'excessive discipline, je vivais soutenu par l'attente du moment
où je me permettrais de faillir. Je finissais par
céder à la première tentation venue, uniquement
parce que, depuis trop longtemps, je m'interdisais
de le faire. Je me fixais à peu près, d'avance,
l'époque de ma prochaine faiblesse ; je m'aban-
donnais, toujours un peu trop vite, moins par
impatience de ce bonheur pitoyable que pour
m'éviter l'horreur d'attendre l'accès, et de le
supporter. Je vous épargne le récit des précautions que je pris contre moi-même ; elles me
semblent maintenant plus avilissantes que des
fautes. Je crus d'abord qu'il s'agissait d'éviter les
occasions du péché ; je m'aperçus bientôt que nos
actions n'ont qu'une valeur de symptômes : c'est
notre nature qu'il nous faudrait changer. J'avais
eu peur des événements ; j'eus peur de mon corps ;
je finis par reconnaître que nos instincts se
communiquent à notre âme, et nous pénètrent
tout entiers. Alors, je n'eus plus d'asile. Je
trouvais, dans les pensées les plus innocentes, le
point de départ d'une tentation ; je n'en découvrais pas une seule qui demeurât longtemps
saine ; elles semblaient se gâter en moi et mor

âme, quand je la connus mieux, me dégoûta
comme mon corps.

Certaines époques étaient particulièrement
dangereuses : la fin des semaines, le commencement des mois, peut-être parce que j'avais un peu
plus d'argent et que j'avais pris l'habitude des
complicités payées. (Il y a, mon amie, de ces
raisons misérables.) Je craignais aussi la veille des
fêtes, leur désœuvrement, leur tristesse pour ceux
qui vivent seuls. Je m'enfermais ces jours-là. Je
n'avais rien à faire : j'allais et venais, fatigué de
voir mon image se refléter dans la glace ; je
haïssais ce miroir, qui m'infligeait ma propre
présence. Un crépuscule brouillé commençait
d'emplir la chambre ; l'ombre se posait sur les
choses comme une salissure de plus. Je ne fermais
pas la fenêtre, parce que l'air me manquait ; les
bruits du dehors me fatiguaient au point de
m'empêcher de penser. J'étais assis, je m'efforçais
de fixer mon esprit sur une idée quelconque, mais
une idée mène toujours à une autre ; on ne sait pas
où cela peut conduire. Il valait mieux se mouvoir,
marcher. Il n'y a rien de blâmable à sortir au
crépuscule ; pourtant, c'était une défaite, et qui
présageait l'autre. J'aimais cette heure où bat la
fièvre des villes. Je ne décrirai pas la recherche
hallucinée du plaisir, les déconvenues possibles,
l'amertume d'une humiliation morale bien pire
qu'après la faute, lorsque aucun apaisement ne
vient la compenser. Je passe sur le somnambu-
lisme du désir, la brusque résolution qui balaie

toutes les autres, l'alacrité d'une chair qui, enfin, n'obéit plus qu'à elle-même. Nous décrivons souvent le bonheur d'une âme qui se débarrasserait de son corps : il y a des moments, dans la vie, où le corps se débarrasse de l'âme.

Cher Dieu, quand mourrai-je ?... Monique, vous vous rappelez ces paroles. Elles sont au commencement d'une vieille prière allemande. Je suis fatigué de cet être médiocre, sans avenir, sans confiance en l'avenir, de cet être que je suis bien forcé d'appeler Moi, puisque je ne puis m'en séparer. Il m'obsède de ses tristesses, de ses peines ; je le vois souffrir, — et je ne suis même pas capable de le consoler. Je suis certes meilleur que lui ; je puis parler de lui comme je ferais d'un étranger ; je ne comprends pas quelles raisons m'en font le prisonnier. Et le plus terrible peut-être, c'est que les autres ne connaîtront de moi que ce personnage en lutte avec la vie. Ce n'est même pas la peine de souhaiter qu'il meure, puisque, lorsqu'il mourra, je mourrai avec lui. A Vienne, durant ces années de combats intérieurs, j'ai souvent souhaité mourir.

On ne souffre pas de ses vices, on souffre seulement de ne pouvoir s'y résigner. Je connus tous les sophismes de la passion ; je connus aussi tous les sophismes de la conscience. Les gens se figurent qu'ils réprouvent certains actes parce que la morale s'y oppose ; en réalité, ils obéissent (ils ont le bonheur d'obéir) à des répugnances instinctives. J'étais frappé, malgré moi, par l'extrême insignifiance de nos fautes les plus graves, par le peu de place qu'elles tiendraient dans notre vie, si nos remords n'en prolongeaient la durée. Notre corps oublie comme notre âme ; c'est peut-être ce qui explique, chez certains d'entre nous, les renouvellements d'innocence. Je m'efforçais d'oublier ; j'oubliais presque. Puis, cette amnésie m'épouvantait. Mes souvenirs, me paraissant toujours incomplets, me suppliciaient davantage. Je me jetais sur eux pour les revivre. Je me désespérais qu'ils pâlissent. Je n'avais qu'eux pour me dédommager du présent, de l'avenir auxquels je renonçais. Il ne me restait pas, après m'être interdit tant de choses, le courage de m'interdire mon passé.

Je vainquis. A force de rechutes misérables et de plus misérables victoires, j'arrivai à vivre une année tout entière comme j'aurais désiré avoir vécu toute ma vie. Mon amie, il ne faut pas sourire. Je ne veux pas exagérer mon mérite : avoir du mérite à s'abstenir d'une faute, c'est une façon d'être coupable. On dirige quelquefois ses actes ; on dirige moins ses pensées ; on ne dirige pas ses rêves. J'eus des rêves. Je connus le danger des eaux stagnantes. Il semble qu'agir nous absolve. Il y a quelque chose de pur, même dans un acte coupable, comparé aux pensées que nous nous en formons. Mettons, si vous voulez, de moins impur, et disons que cela tient à ce je ne sais quoi de médiocre qu'a toujours la réalité. Cette année, où je ne commis, je vous l'assure, rien de répréhensible, fut troublée de plus de hantises que toute autre, et de hantises plus basses. On eût dit que cette plaie, fermée trop vite, se fût rouverte dans l'âme et finît par l'empoisonner. Il me serait facile de faire un récit dramatique, mais ni vous ni moi ne nous intéressons aux drames, — et il est bien des choses qu'on exprime davantage en ne les disant pas. Ainsi, j'avais aimé la vie. C'était au nom de la vie, je veux dire de mon avenir, que je m'étais efforcé de me reconquérir sur moi-même. Mais on hait la vie quand on souffre. Je subis les obsessions du suicide, j'en subis d'autres, plus abominables. Je ne voyais plus, dans les plus humbles objets de la vie journalière, que l'instrument d'une destruction possible. J'avais peur des étoffes, parce qu'on peut les nouer ; des ciseaux, à cause de leurs pointes ; surtout, des objets tranchants. J'étais tenté par ces formes brutales de la délivrance : je mettais une serrure entre ma démence et moi.

Je devins dur. Je m'étais, jusqu'alors, abstenu de juger les autres ; j'aurais fini par être, si j'en avais eu le pouvoir, aussi impitoyable pour eux que je l'étais pour moi-même. Je ne pardonnais pas au prochain les plus petites transgressions ; je craignais que mon indulgence envers autrui ne m'amenât, devant ma conscience, à excuser mes propres fautes. Je redoutais l'amollissement que procurent les sensations douces ; j'en vins à haïr la nature, à cause des tendresses du printemps. J'évitais, le plus possible, la musique émouvante :

mes mains, posées devant moi sur les touches, me troublaient par le souvenir des caresses. Je craignis l'imprévu des rencontres mondaines, le danger des visages humains. Je fus seul. Puis la solitude me fit peur. On n'est jamais tout à fait seul : par malheur, on est toujours avec soi-même.

La musique, cette joie des forts, est la consolation des faibles. La musique était devenue un métier que j'exerçais pour vivre. L'enseigner aux enfants est une épreuve pénible, parce que la technique les détourne de l'âme. Il faudrait, je pense, leur en faire d'abord goûter l'âme. En tout cas, l'usage s'y oppose, et ni mes élèves, ni leurs familles, ne tenaient à changer l'usage. J'aimais encore mieux les enfants que les personnes plus âgées qui me vinrent par la suite et se croyaient forcées d'exprimer quelque chose. Et puis, les enfants m'intimidaient moins. J'aurais pu, si je l'avais essayé, avoir des leçons plus nombreuses ; celles que je donnais me suffisaient pour vivre. Je travaillais déjà trop. Je n'ai pas le culte du travail, lorsque le résultat n'importe qu'à nous-mêmes. Sans doute, se fatiguer est une façon de se dompter ; mais l'épuisement du corps finit par engourdir l'âme. Reste à savoir, Monique, si une âme inquiète ne vaut pas mieux qu'une âme endormie.

Mes soirées me restaient. Je m'accordais, chaque soir, un moment de musique qui n'était qu'à moi seul. Certes, ce plaisir solitaire est un plaisir stérile, mais aucun plaisir n'est stérile lorsqu'il remet notre être d'accord avec la vie. La musique me transporte dans un monde où la douleur ne cesse pas d'exister, mais s'élargit, se tranquillise, devient tout à la fois plus calme et plus profonde, comme un torrent qui se transforme en lac. On ne peut, quand on rentre tard, se mettre à jouer de musique trop bruyante ; d'ailleurs, je ne l'ai jamais aimée. Je sentais bien, dans la maison, qu'on tolérait seulement la mienne, et sans doute le sommeil des gens fatigués vaut toutes les mélodies possibles. C'est de la sorte, mon amie, que j'appris à jouer presque toujours en sourdine, comme si j'avais peur d'éveiller quelque chose. Le silence ne compense pas seulement l'impuissance des paroles humaines, il compense aussi, pour les musiciens médiocres, la pauvreté des accords. Il m'a toujours semblé que la musique ne devrait être que du silence, et le mystère du silence, qui chercherait à s'exprimer. Voyez, par exemple, une fontaine. L'eau muette emplit les conduits, s'y amasse, en déborde, et la perle qui tombe est sonore. Il m'a toujours semblé que la musique ne devrait être que le trop-plein d'un grand silence.

Enfant, j'ai désiré la gloire. A cet âge, nous désirons la gloire comme nous désirons l'amour : nous avons besoin des autres pour nous révéler à nous-mêmes. Je ne dis pas que l'ambition soit un vice inutile ; elle peut servir à fouetter l'âme. Seulement elle l'épuise. Je ne sache pas de succès qui ne s'achète par un demi-mensonge ; je ne sache pas d'auditeurs qui ne nous forcent à omettre, ou à exagérer quelque chose. J'ai souvent pensé, avec tristesse, qu'une âme vraiment belle n'obtiendrait pas la gloire, parce qu'elle ne la désirerait pas. Cette idée, qui m'a désabusé de la gloire, m'a désabusé du génie. J'ai souvent pensé que le génie n'est qu'une éloquence particulière, un don bruyant d'exprimer. Même si j'étais Chopin, Mozart ou Pergolèse, je dirais seulement, imparfaitement peut-être, ce qu'éprouve chaque jour un musicien de village, lorsqu'il fait de son mieux en toute humilité. Je faisais de mon mieux. Mon premier concert fut quelque chose de pire qu'un insuccès, ce fut un demi-succès. Il fallut, pour me décider à le donner, toutes sortes de raisons matérielles et cette autorité que prennent sur nous les gens du monde lorsqu'ils veulent nous aider. Ma famille avait à Vienne nombre de parents assez vagues ; c'étaient pour moi presque des protecteurs, et tout à fait des étrangers. Ma pauvreté les humiliait un peu ; ils auraient désiré que je devinsse célèbre, pour n'être plus gênés quand on parlait de moi. Je les voyais rarement ; ils m'en voulaient, peut-être, parce que je ne leur donnais pas l'occasion de me refuser un secours. Et cependant, ils m'aidèrent. Ce fut, je le sais bien, de la façon la moins coûteuse, mais je ne vois pas, mon amie, de quel droit nous exigerions la bonté.

Je me rappelle mon entrée sur la scène, à mon premier concert. L'assistance était très peu nom-

breuse, mais c'était déjà trop pour moi. J'étouf-
fais. Je n'aimais pas ce public pour qui l'art n'est
qu'une vanité nécessaire, ces visages composés
dissimulant les âmes, l'absence des âmes. Je
concevais mal qu'on pût jouer devant des inconnus, à heure fixe, pour un salaire versé d'avance.
Je devinais les appréciations toutes faites, qu'ils se
croyaient obligés de formuler en sortant ; je
haïssais leur goût pour l'emphase inutile, l'intérêt
même qu'ils me portaient, parce que j'étais de
leur monde, et l'éclat factice dont se paraient les
femmes. Je préférais encore les auditeurs de
concerts populaires, donnés le soir dans quelque
salle misérable, où j'acceptais parfois de jouer
gratuitement. Des gens venaient là dans l'espoir
de s'instruire. Ils n'étaient pas plus intelligents
que les autres, ils étaient seulement de meilleure
volonté. Ils avaient dû, après leur repas, s'habiller
le mieux possible ; ils avaient dû consentir à avoir
froid, pendant deux longues heures, dans une
salle presque noire. Les gens qui vont au théâtre
cherchent à s'oublier eux-mêmes ; ceux qui vont
au concert cherchent plutôt à se retrouver. Entre
la dispersion du jour et la dissolution du sommeil,
ils se retrempent dans ce qu'ils sont. Visages
fatigués des auditeurs du soir, visages qui se
détendent dans leurs rêves et semblent s'y bai-
gner. Mon visage... Et ne suis-je pas aussi très
pauvre, moi qui n'ai ni amour, ni foi, ni désir
avouable, moi qui n'ai que moi-même sur qui
compter, et qui me suis presque toujours infidèle ?

L'hiver qui suivit fut un hiver pluvieux. Je pris froid. J'étais trop habitué à être un peu malade pour m'inquiéter quand je l'étais vraiment. J'avais, pendant l'année dont je vous parle, été repris par les troubles nerveux éprouvés dans l'enfance. Ce refroidissement, que je ne soignai pas, vint m'affaiblir davantage : je retombai malade, et cette fois très gravement.

Je compris alors le bonheur d'être seul. Si j'avais succombé, à cette époque, je n'aurais eu à regretter personne. C'était l'absolu détachement. Une lettre de mes frères vint justement m'apprendre que ma mère était morte, depuis un mois déjà. Je fus triste, surtout de ne pas l'avoir su plus tôt ; il semblait qu'on m'eût volé quelques semaines de douleur. J'étais seul. Le médecin du quartier, qu'on avait fini par appeler, cessa bientôt de venir, et mes voisins se fatiguèrent de me soigner. J'étais content ainsi. J'étais si tranquille que je n'éprouvais même pas le besoin de me résigner. Je regardais mon corps se débattre, étouffer, souffrir. Mon corps voulait vivre. Il y avait en lui une foi en la vie que j'admirais moi-même : je me repentais presque de l'avoir méprisé, découragé, cruellement puni. Quand j'allai mieux, quand je pus me soulever sur mon lit, mon esprit, encore faible, demeurait incapable de réflexions bien longues ; ce fut par l'entremise de mon corps que me parvinrent les premières joies. Je revois la beauté, presque sacrée, du pain, l'humble rayon de soleil où je réchauffai mon visage, et l'étourdissement que me causa la vie. Il vint un jour où je pus m'accouder à la fenêtre ouverte. Je n'habitais qu'une rue grise dans un faubourg de Vienne, mais il est des moments où il suffit d'un arbre, dépassant une muraille, pour nous rappeler que des forêts existent. J'eus, ce jour-là, par tout mon corps étonné de revivre, ma seconde révélation de la beauté du monde. Vous savez quelle fut la première. Comme à la première, je pleurai, non pas tant de bonheur, ni de reconnaissance ; je pleurai à l'idée que la vie fût si simple, et serait si facile si nous étions nous-mêmes assez simples pour l'accepter.

Ce que je reproche à la maladie, c'est de rendre le renoncement trop aisé. On se croit guéri du désir, mais la convalescence est une rechute, et l'on s'aperçoit, avec toujours la même stupeur, que la joie peut encore nous faire souffrir. Durant les mois qui suivirent, je crus pouvoir continuer à regarder la vie avec les yeux indifférents des malades. Je persistais à penser que, peut-être, je n'en avais plus pour longtemps ; je me pardonnai mes fautes, comme Dieu, sans doute, nous pardonnera après la mort. Je ne me reprochais plus d'être ému à l'excès par la beauté humaine ; je voyais, dans ces légers tressaillements du cœur, une faiblesse de convalescent, le trouble excusable d'un corps redevenu, pour ainsi dire, nouveau devant la vie. Je repris mes leçons, mes concerts. Il le fallait, car ma maladie avait été très coûteuse. Presque personne n'avait songé à demander de mes nouvelles ; les gens chez lesquels j'enseignais ne s'aperçurent pas que j'étais encore très faible. Il ne faut pas leur en vouloir. Je n'étais pour eux qu'un jeune homme fort doux, apparemment fort raisonnable, dont les leçons n'étaient pas chères. C'était le seul point de vue dont ils m'envisageassent, et mon absence n'était pour eux qu'un contretemps. Dès que je fus capable d'une promenade un peu longue, j'allai chez la princesse Catherine.

Le prince et la princesse de Mainau passaient alors à Vienne quelques mois chaque hiver. Je crains, mon amie, que leurs petits travers mondains nous aient empêchés d'apprécier ce qu'il y avait de rare dans ces gens d'autrefois. C'étaient les survivants d'un monde plus raisonnable que le nôtre parce qu'il était plus léger. Le prince et la princesse avaient cette affabilité facile qui suffit, dans les petites choses, à remplacer la vraie bonté. Nous étions un peu parents par les femmes ; la princesse se souvenait d'avoir été élevée, avec ma grand-mère maternelle, chez des chanoinesses allemandes. Elle aimait à rappeler cette intimité si lointaine, car elle était de ces femmes qui ne voient dans l'âge qu'une noblesse de plus. Peut-être, son unique coquetterie consistait à rajeunir son âme. La beauté de Catherine de Mainau n'était plus qu'un souvenir ; au lieu de miroirs, elle avait dans sa chambre ses portraits d'autrefois. Mais on savait qu'elle avait été belle. Elle avait, dit-on, inspiré des passions très vives ; elle en avait ressenti ; elle avait eu des peines, qu'elle n'avait pas longtemps portées. Il en était de ses chagrins, je suppose, comme de ses robes de bal, qu'elle ne mettait qu'une fois. Mais elle les gardait toutes ; elle avait, ainsi, des armoires de souvenirs. Vous disiez, mon amie, que la princesse Catherine avait une âme de dentelle.

J'allais assez rarement à ses soirées intimes, mais elle me recevait toujours bien. Elle n'avait pour moi, je le sentais, aucun attachement véritable, rien qu'une affection distraite de vieille dame indulgente. Et pourtant je l'aimais presque. J'aimais ses mains, un peu gonflées, que serrait l'anneau des bagues, ses yeux fatigués et son accent limpide. La princesse, comme ma mère, employait ce doux français fluide du siècle de Versailles, qui donne aux moindres mots la grâce attardée d'une langue morte. Je retrouvais chez elle, comme plus tard chez vous, un peu de mon parler natal. Elle faisait de son mieux pour me former au monde ; elle me prêtait les livres des poètes ; elle les choisissait tendres, superficiels et difficiles. La princesse de Mainau me croyait raisonnable ; c'était le seul défaut qu'elle ne pardonnait pas. Elle m'interrogeait, en riant, sur les jeunes femmes que je rencontrais chez elle ; elle s'étonnait que je ne m'éprisse d'aucune ; ces simples questions me mettaient au supplice. Naturellement, elle s'en apercevait : elle me trouvait timide et plus jeune que mon âge ; je lui savais gré de me juger ainsi. Il y a quelque chose de rassurant, lorsqu'on est malheureux et qu'on se croit très coupable, à être traité comme un enfant sans importance.

Elle me savait très pauvre. La pauvreté, comme la maladie, étaient des choses laides dont elle se détournait. Pour rien au monde elle n'eût consenti à monter cinq étages. Il ne faut pas, mon amie, que vous la blâmiez trop vite : elle était d'une délicatesse infinie. C'était, peut-être, pour ne pas me blesser qu'elle ne me faisait que des présents inutiles, et les plus inutiles sont les plus nécessaires. Lorsqu'elle me sut malade, elle m'envoya des fleurs. On n'a pas à rougir, devant des fleurs, d'être sordidement logé. C'était plus que je n'attendais de personne ; je ne croyais pas qu'il y eût, sur la terre, un seul être assez bon pour m'envoyer des fleurs. Elle avait, à cette époque, la passion des lilas mauves ; j'eus, grâce à elle, une convalescence embaumée. Je vous ai dit combien ma chambre était triste : peut-être, sans les lilas de la princesse Catherine, je n'aurais jamais eu le courage de guérir.

Lorsque j'allai la remercier, j'étais encore très faible. Je la trouvai, comme d'ordinaire, devant l'un de ces travaux à l'aiguille, qu'elle avait rarement la patience de finir. Mes remerciements l'étonnèrent ; elle ne se souvenait déjà plus qu'elle m'eût envoyé des fleurs. Mon amie, cela m'indigna : il semble que la beauté d'un présent diminue, quand celui qui le fait n'y attache pas d'importance. Les persiennes, chez la princesse

Catherine, étaient presque toujours fermées ; elle
vivait, par goût, dans un perpétuel crépuscule, et
cependant l'odeur poussiéreuse des rues envahis-
sait la chambre ; l'on se rendait bien compte que
l'été commençait. Je pensais, avec une accablante
fatigue, que j'aurais à subir ces quatre mois d'été.
Je me représentais les leçons devenues plus rares,
les vaines sorties nocturnes à la recherche d'un
peu de fraîcheur, l'énervement, l'insomnie, d'autres dangers encore. J'avais peur de retomber
malade, bien pis que malade ; je finis par me
plaindre, à haute voix, que l'été vînt si vite. La
princesse de Mainau le passait à Wand, dans un
ancien domaine qui lui venait des siens. Wand
n'était pour moi qu'un nom vague, comme tous
ceux des endroits où nous croyons ne jamais
vivre : je mis quelque temps à comprendre que la
princesse m'invitait. Elle m'invitait par pitié. Elle
m'invitait gaiement, s'occupant d'avance à me
choisir une chambre, prenant, pour ainsi dire,
possession de ma vie jusqu'au prochain automne.
Alors j'eus honte d'avoir paru, en me plaignant,
espérer quelque chose. J'acceptai. Je n'eus pas le
courage de me punir en refusant, et vous savez,
mon amie, qu'on ne résistait pas à la princesse
Catherine.

J'étais allé à Wand pour n'y passer que trois
semaines : j'y demeurai plusieurs mois. Ce furent
de longs mois immobiles. Ils s'écoulèrent lentement, de façon machinale et vraiment insensible ;
on aurait dit que j'attendais à mon insu. L'exis-

tence là-bas était cérémonieuse tout en étant très
simple ; je goûtai l'apaisement de cette vie plus
facile. Je ne puis dire que Wand me rappelait
Woroïno : pourtant, c'était la même impression
de vieillesse et de durée tranquille. La richesse
paraissait installée, dans cette maison, depuis des
temps très anciens, comme chez nous la pauvreté.
Les princes de Mainau avaient toujours été
riches ; on ne pouvait donc pas s'étonner qu'ils le
fussent, et les pauvres eux-mêmes ne s'en irri-
taient pas. Le prince et la princesse recevaient
beaucoup ; on vivait parmi les livres nouvellement
arrivés de France, les partitions ouvertes et les
grelots d'attelages. Dans ces milieux cultivés, et
cependant frivoles, il semble que l'intelligence soit
un luxe de plus. Sans doute, le prince et la
princesse, pour moi, n'étaient pas des amis : ce
n'étaient que des protecteurs. La princesse me
nommait en riant son extraordinaire musicien ; on
exigeait, le soir, que je me misse au piano. Je
sentais bien qu'on ne pouvait jouer, devant ces
gens du monde, que des musiques banales, super-
ficielles comme les paroles qui venaient d'être
dites, mais il y a de la beauté dans ces ariettes
oubliées.

Ces mois passés à Wand me semblent une
longue sieste, pendant laquelle je m'efforçais de
ne jamais penser. La princesse n'avait pas voulu
que j'interrompisse mes concerts ; je m'absentai
pour en donner plusieurs, dans de grandes villes
allemandes. Il m'arrivait, là-bas, de me trouver

en face de tentations bien connues, mais ce n'était qu'un incident. Mon retour à Wand en effaçait jusqu'au souvenir : je faisais usage, une fois de plus, de mon effrayante faculté d'oubli. La vie des gens du monde se limite, en surface, à quelques idées agréables, ou tout au moins décentes. Ce n'est même pas de l'hypocrisie, on évite simplement de faire allusion à ce qu'il est choquant d'exprimer. On sait bien qu'il existe des réalités humiliantes, mais on vit comme si on ne les subissait pas. C'est comme si l'on finissait par prendre ses vêtements pour son corps. Sans doute, je n'étais pas capable d'une erreur si grossière ; il m'était arrivé de me regarder nu. Seulement, je fermais les yeux. Je n'étais pas heureux, à Wand, avant votre arrivée : je n'étais qu'assoupi. Ensuite, vous êtes venue. Je ne fus pas non plus heureux à vos côtés : j'imaginai seulement l'existence du bonheur. Ce fut comme le rêve d'un après-midi d'été.

Je savais de vous, par avance, tout ce qu'on peut savoir d'une jeune fille, c'est-à-dire peu de chose, et de très petites choses. On m'avait dit que vous étiez très belle, que vous étiez riche, et tout à fait accomplie. On ne m'avait pas dit combien vous étiez bonne ; la princesse l'ignorait, ou peut-être la bonté n'était pour elle qu'une qualité superflue : elle pensait que l'aménité suffit. Beaucoup de jeunes filles sont très belles ; il en est aussi de riches et de tout à fait accomplies, mais je n'avais aucune raison de m'intéresser à tout cela. Il ne faut pas vous étonner, mon amie, que tant de descriptions soient restées inutiles : il y a, au fond de tout être parfait, je ne sais quoi d'unique qui décourage l'éloge. La princesse désirait que je vous admirasse d'avance ; et je vous crus ainsi moins simple que vous ne l'êtes. Jusqu'alors, il ne m'avait pas été désagréable de jouer, à Wand, un rôle d'invité très modeste, mais il me semblait, devant vous, qu'on se proposât de me forcer à briller. Je sentais bien que j'en étais incapable, et les visages nouveaux m'intimidaient toujours. S'il n'avait tenu qu'à moi, je serais parti avant votre arrivée, mais cela me fut impossible. Je comprends, maintenant, dans quelle intention le prince et la princesse me retinrent : j'avais malheureusement, autour de moi, deux vieilles gens désireux de me ménager du bonheur.

Il faut, mon amie, que vous pardonniez à la princesse Catherine. Elle me connaissait assez peu pour me croire digne de vous. La princesse vous savait très pieuse ; j'étais moi-même, avant de vous connaître, d'une piété timorée, enfantine. Sans doute, j'étais catholique, vous étiez protestante, mais cela importait si peu. La princesse se figurait qu'un nom très ancien suffisait à compenser ma pauvreté, et les vôtres aussi raisonnèrent de la sorte. Catherine de Mainau plaignait, exagérément peut-être, ma vie solitaire et souvent difficile ; elle redoutait pour vous les épouseurs vulgaires ; elle se croyait tenue, en quelque sorte, de remplacer votre mère et la mienne. Et

puis, elle était ma parente ; elle voulait aussi faire
plaisir aux miens. La princesse de Mainau était
sentimentale : elle aimait à vivre dans une atmosphère un peu fade de fiançailles allemandes ; le
mariage, pour elle, était une comédie de salon,
semée d'attendrissements et de sourires, où le
bonheur arrive avec le cinquième acte. Le bonheur n'est pas venu, mais peut-être, Monique, en
sommes-nous incapables ; et ce n'est pas la faute
de la princesse Catherine.

Je crois vous avoir dit que le prince de Mainau
m'avait raconté votre histoire. Je devrais plutôt
dire l'histoire de vos parents, car celle des jeunes
filles est tout intérieure : leur vie est un poème
avant de devenir un drame. J'avais écouté cette
histoire avec indifférence, comme l'un de ces
interminables récits de chasses et de voyages où le
prince se perdait, le soir, après les longs repas.
C'était vraiment un récit de voyage, puisque le
prince avait connu votre père au cours d'une
expédition, déjà lointaine, dans les Antilles françaises. Le docteur Thiébaut fut un explorateur
célèbre ; il s'était marié n'étant déjà plus jeune ;
vous étiez née là-bas. Puis votre père, devenu
veuf, avait quitté les Iles ; vous aviez vécu, dans
une province de France, chez des parents du côté
paternel. Vous aviez grandi dans un milieu
sévère, et pourtant très aimant ; vous avez eu
l'enfance d'une petite fille heureuse. Certes, mon
amie, il n'est pas nécessaire que je vous raconte
votre histoire : vous la savez mieux que moi. Elle

s'est déroulée pour vous, jour par jour, verset par
verset, à la façon d'un psaume. Il n'est même pas
nécessaire que vous vous en souveniez : elle vous
a fait ce que vous êtes, et vos gestes, votre voix,
tout vous-même, portent témoignage de ce tranquille passé.

Vous êtes arrivée à Wand un jour de la fin du
mois d'août, au crépuscule. Je ne me rappelle pas
exactement les détails de cette apparition ; je ne
savais pas que vous entriez, non seulement dans
cette maison allemande, mais aussi dans ma vie.
Je me souviens seulement qu'il faisait déjà sombre, et que les lampes, dans le vestibule, ne
brûlaient pas encore. Ce n'était pas votre premier
séjour à Wand, ainsi, les choses avaient pour vous
une figure familière ; elles aussi vous connaissaient. Il faisait trop obscur pour que je distin-
guasse vos traits ; je m'aperçus seulement que
vous étiez très calme. Mon amie, les femmes sont
rarement calmes : elles sont placides, ou bien elles
sont fébriles. Vous étiez sereine à la façon d'une
lampe. Vous conversiez avec vos hôtes ; vous ne
disiez que les paroles qu'il fallait dire ; vous ne
faisiez que les gestes qu'il fallait faire, et cela était
parfait. Je fus, ce soir-là, d'une timidité pire qu'à
l'ordinaire ; j'aurais découragé jusqu'à votre
bonté. Pourtant, je ne vous en voulais pas. Je ne
vous admirais pas non plus : vous étiez trop
lointaine. Votre arrivée me parut simplement un
peu moins désagréable que je ne l'avais craint

tout d'abord. Vous voyez, mon amie, que je vous dis la vérité.

Je cherche à revivre, le plus exactement possible, les semaines qui nous menèrent aux fiançailles. Monique, ce n'est pas facile. Je dois éviter les mots de bonheur ou d'amour, car enfin, je ne vous ai pas aimée. Seulement, vous m'êtes devenue chère. Je vous ai dit combien j'étais sensible à la douceur des femmes : j'éprouvais, près de vous, un sentiment nouveau de confiance et de paix. Vous aimiez, comme moi, les longues promenades à travers la campagne, qui ne mènent nulle part. Je n'avais pas besoin qu'elles menassent quelque part ; j'étais tranquille à vos côtés. Votre nature pensive s'accordait à ma nature timide ; nous nous taisions ensemble. Puis votre belle voix grave, un peu voilée, votre voix trempée de silence, m'interrogeait doucement sur mon art et moi-même ; je comprenais déjà que vous éprouviez envers moi une sorte de tendre pitié. Vous étiez bonne. Vous connaissiez la souffrance, pour l'avoir bien souvent guérie ou consolée : vous deviniez en moi un jeune malade ou un jeune pauvre. J'étais même si pauvre que je ne vous aimais pas. Seulement, je vous trouvais douce. Il m'arrivait de songer que j'eusse été heureux d'être vôtre : je veux dire votre frère. Je n'allais pas plus loin. Je n'étais pas assez présomptueux pour imaginer davantage, ou, peut-être, ma nature se taisait. Quand j'y pense, c'était déjà beaucoup qu'elle se tût.

Vous étiez très pieuse. A cette époque, vous et moi croyions encore en Dieu, j'entends, celui que tant de gens nous dépeignent comme s'ils le connaissaient. Pourtant, vous n'en parliez jamais. Vous pensiez peut-être que l'on n'en peut rien dire, ou bien, vous n'en parliez jamais, parce que vous le sentiez présent. On parle surtout de ceux qu'on aime, lorsqu'ils ne sont pas là. Vous viviez en Dieu. Vous aimiez, comme moi, ces vieux livres des mystiques, qui semblent avoir regardé la vie et la mort à travers du cristal. Nous nous prêtions des livres. Nous les lisions ensemble, mais non pas à voix haute, nous savions trop bien que les paroles rompent toujours quelque chose. C'étaient deux silences accordés. Nous nous attendions à la fin des pages ; votre doigt suivait, le long des lignes, les prières commencées, comme s'il s'agissait de me montrer une route. Un jour que j'avais plus de courage, et vous plus de douceur encore qu'à l'ordinaire, je vous avouai que j'avais peur d'être damné. Vous avez souri, gravement, pour me donner confiance. Alors, brusquement, cette idée m'apparut petite, misérable, et surtout très lointaine : je compris, ce jour-là, l'indulgence de Dieu.

Ainsi, j'ai des souvenirs d'amour. Ce n'était pas sans doute une passion véritable, mais je ne suis pas sûr qu'une passion véritable m'eût rendu meilleur, ou seulement plus heureux. Je vois trop, pourtant, ce qu'un tel sentiment contenait d'égoïsme : je m'attachais à vous. Je n'attachais c'est malheureusement le seul mot qui convienne. Les semaines s'écoulaient; la princesse trouvait chaque jour des raisons pour vous retenir encore; vous commenciez, je pense, à vous habituer à moi. Nous en étions venus à échanger nos souvenirs d'enfance; j'en connus d'heureux grâce à vous; par moi vous en connûtes de tristes; ce fut comme si nous avions dédoublé notre passé. Chaque heure ajoutait quelque chose à cette intimité timidement fraternelle et je m'aperçus, avec effroi, qu'on avait fini par nous croire fiancés.

Je m'ouvris à la princesse Catherine. Je ne pouvais tout dire: j'appuyai sur l'extrême indigence où se débattait ma famille; vous étiez, par malheur, beaucoup trop riche pour moi. Votre nom, célèbre depuis deux générations dans le monde de la science, valait peut-être mieux qu'une pauvre noblesse autrichienne. Enfin j'osai faire allusion à des fautes antérieures, d'une nature très grave, qui m'interdisaient votre amour, mais que naturellement je ne pus préciser. Cette demi-confession, déjà pénible, ne réussit qu'à faire sourire. Monique, on ne me crut même pas. Je me heurtai à l'entêtement des gens légers. La princesse s'était une fois pour toutes promis de nous unir: elle avait pris de moi une idée favorable, qu'elle ne modifia plus. Le monde, quelquefois trop sévère, compense sa dureté par son inattention. On ne nous soupçonne pas, tout simplement. La princesse de Mainau disait que

l'expérience l'avait rendue frivole : ni elle, ni son
mari, ne me prirent au sérieux. Mes scrupules
leur parurent témoigner d'un amour véritable ;
parce que j'étais inquiet, ils me crurent désinté-
ressé.

La vertu a ses tentations comme le reste, bien
plus dangereuses parce que nous ne nous en
méfions pas. Avant de vous connaître, je rêvais du
mariage. Ceux dont l'existence est irréprochable
rêvent peut-être d'autre chose ; nous nous dédom-
mageons ainsi de n'avoir qu'une nature, et de ne
vivre qu'un côté du bonheur. Jamais, même aux
instants de complet abandon, je n'avais cru mon
état définitif, ou simplement durable. J'avais eu,
dans ma famille, d'admirables exemples de tendresse féminine ; mes idées religieuses me portaient à voir, dans le mariage, le seul idéal
innocent et permis. Il m'arrivait d'imaginer
qu'une jeune fille très douce, très affectueuse et
très grave, finirait un jour par m'apprendre à
l'aimer. Je n'avais jamais connu, hors de chez
moi, de semblables jeunes filles : je pensais à
celles qu'on voit sourire, d'un sourire pâli, entre
les pages des vieux livres, Julie von Charpentier
ou Thérèse de Brunswick. C'étaient des imaginations un peu vagues, et malheureusement très
pures. D'ailleurs, un rêve, mon amie, n'est pas
une espérance ; on s'en contente ; on le trouve
même plus doux quand on le croit impossible,
parce qu'on n'a pas alors l'inquiétude de le vivre
un jour.

Que fallait-il faire ? On n'ose tout dire à une jeune fille, même lorsque son âme est déjà l'âme d'une femme. Les termes m'eussent manqué ; j'eusse donné de mes actes une image affaiblie, ou peut-être excessive. Tout dire, c'était vous perdre. Si vous consentiez à m'épouser quand même, c'était jeter une ombre sur la confiance que vous aviez en moi. J'avais besoin de cette confiance pour m'obliger, en quelque sorte, à ne pas la trahir. Je me croyais le droit (le devoir plutôt) de ne pas repousser l'unique chance de salut que me donnait la vie. Je me sentais parvenu à la limite de mon courage : je comprenais que seul je ne guérirais plus. A cette époque, je voulais guérir. On se fatigue de ne vivre que des formes furtives, méprisées, du bonheur humain. J'aurais pu, d'un mot, rompre ces fiançailles silencieuses : j'eusse trouvé des excuses ; il suffisait de dire que je ne vous aimais pas. Je m'abstins, non parce que la princesse, mon unique protectrice, ne m'eût jamais pardonné ; je m'abstins parce que j'espérais en vous. Je me laissai glisser, je ne dis pas vers ce bonheur (mon amie, nous ne sommes pas heureux), mais plutôt vers ce crime. Le désir de bien faire me conduisit plus bas que les pires calculs : je volai votre avenir. Je ne vous apportai rien, pas même ce grand amour sur lequel vous comptiez ; ce que j'avais de vertus furent les complices de ce mensonge ; et mon égoïsme fut d'autant plus odieux qu'il se crut légitime.

Vous m'aimiez. Je ne suis pas assez vain pour

croire que vous m'aimiez d'amour ; je me
demande encore comment vous avez pu, je ne dis
pas vous éprendre de moi, mais m'adopter ainsi.
Chacun de nous sait peu de chose sur l'amour, tel
que l'entendent les autres ; l'amour, pour vous,
n'était peut-être qu'une bonté passionnée. Ou
bien, je vous ai plu. Je vous ai plu justement par
ces qualités qui croissent trop souvent à l'ombre
de nos défauts les plus graves : la faiblesse,
l'indécision, la subtilité. Surtout, vous m'avez
plaint. J'avais été assez imprudent pour vous
inspirer pitié ; parce que vous aviez été bonne
pendant quelques semaines, vous avez trouvé
naturel de l'être toute la vie : vous avez cru qu'il
suffisait d'être parfaite pour être heureuse ; j'ai
cru suffisant, pour être heureux, de n'être plus
coupable.

Nous fûmes mariés à Wand un jour assez
pluvieux d'octobre. Peut-être, Monique, eussé-je
préféré que nos fiançailles fussent plus longues ;
j'aime que le temps nous porte, et non qu'il nous
entraîne. Je n'étais pas sans inquiétude sur cette
existence qui s'ouvrait : songez que j'avais vingt-
deux ans, et que vous étiez la première femme qui
occupait ma vie. Mais tout, à vos côtés, était
toujours très simple : je vous savais gré de
m'effrayer si peu. Les hôtes du château étaient
partis l'un après l'autre ; nous allions partir aussi,
partir ensemble. Nous fûmes mariés dans l'église
du village, et comme votre père s'en était allé
pour l'une de ses expéditions lointaines il n'y

avait, autour de nous, que quelques amis et mon frère. Mon frère était venu, bien que ce déplacement coutât cher ; il me remercia avec une sorte d'effusion d'avoir, disait-il, sauvé notre famille ; je compris alors qu'il faisait allusion à votre fortune, et cela me fit honte. Je ne répondis rien. Cependant, mon amie, aurais-je été plus coupable en vous sacrifiant à ma famille qu'en vous sacrifiant à moi-même ? C'était, je m'en souviens, un de ces jours mêlés de soleil et de pluie, qui changent facilement d'expression, comme un visage humain. Il semblait qu'il s'efforçât de faire beau, et que je m'efforçasse d'être heureux. Mon Dieu, j'étais heureux. J'étais heureux avec timidité.

Et maintenant, Monique, il faudrait du silence. Ici doit s'arrêter mon dialogue avec moi-même : ici commence celui de deux âmes et de deux corps unis. Unis, ou simplement joints. Pour tout dire, mon amie, il faudrait une audace que je me défends d'avoir ; il faudrait surtout être également une femme. Je voudrais seulement comparer mes souvenirs aux vôtres, vivre, en quelque sorte au ralenti, ces moments de tristesse ou de pénible joie que nous avons peut-être trop hâtivement vécus. Cela me revient à la manière de pensées presque évanouies, de confidences timides, chuchotées à voix basse, de musique très discrète qu'il faut écouter pour entendre. Mais je vais voir s'il est possible d'écrire aussi à voix basse.

Ma santé, demeurée précaire, vous inquiétait d'autant plus que je ne m'en plaignais pas. Vous aviez tenu à passer nos premiers mois ensemble dans des climats moins rudes : le jour même du mariage, nous partîmes pour Méran. Puis, l'hiver nous chassa vers des pays encore plus tièdes ; je vis pour la première fois la mer, et la mer au soleil. Mais cela n'a pas d'importance. Au contraire, j'eusse préféré d'autres régions plus tristes, plus austères, en harmonie avec l'existence que je m'efforçais de désirer vivre. Ces contrées d'insouciance et de charnel bonheur m'inspiraient à la fois de la méfiance et du trouble ; je soupçonnais toujours la joie de contenir un péché. Plus ma conduite m'avait semblé répréhensible, plus je m'étais attaché aux idées morales rigoureuses qui condamnaient mes actes. Nos théories, Monique, lorsqu'elles ne sont pas la formule de nos instincts, sont les défenses que nous opposons à ceux-ci. Je vous en voulais de me faire remarquer le cœur trop rouge d'une rose, une statue, la beauté brune d'un enfant qui passait ; j'éprouvais, pour ces choses innocentes, une sorte d'horreur ascétique. Et, pour la même raison, j'eusse préféré que vous fussiez moins belle.

Nous avions retardé, par une sorte de tacite accord, l'instant où nous serions tout à fait l'un à l'autre. J'y pensais, d'avance, avec un peu d'inquiétude, de répugnance aussi ; il me semblait que cette intimité trop grande allait gâter, avilir quelque chose. Et puis, on ne sait jamais ce que feront surgir, entre deux êtres, les sympathies ou les antipathies des corps. Ce n'étaient peut-être pas des idées très saines, mais enfin, c'étaient les miennes. Je me demandais, chaque soir, si j'oserais vous rejoindre ; mon amie, je ne l'osais pas. Puis, il le fallut bien : sans doute, vous n'eussiez plus compris. Je pense, avec un peu de tristesse combien tout autre que moi eût apprécié davantage la beauté (la bonté) de ce don, si simple, de vous-même. Je ne voudrais rien dire qui risquât de vous choquer, encore moins de vous faire sourire, mais il me semble que ce fut un don maternel. J'ai vu plus tard votre enfant se blottir contre vous, et j'ai pensé que tout homme, sans le savoir, cherche surtout dans la femme le souvenir du temps où sa mère l'accueillait. Du moins, cela est vrai, quand il s'agit de moi. Je me souviens, avec une infinie pitié, de vos efforts un peu inquiets pour me rassurer, me consoler, m'égayer peut-être ; et je crois presque avoir été moi-même votre premier enfant.

Je n'étais pas heureux. J'éprouvais certes quelque déception de ce manque de bonheur, mais enfin, je me résignais. J'avais en quelque sorte renoncé au bonheur, ou du moins à la joie. Puis, je me disais que les premiers mois d'une union sont rarement les plus doux, que deux êtres, brusquement joints par la vie, ne peuvent si rapidement se fondre l'un dans l'autre et n'être vraiment qu'un. Il faut beaucoup de patience et de bonne volonté. Nous en avions tous deux. Je me disais, avec plus de justesse encore, que la joie ne nous est pas due, et que nous avons tort de nous plaindre. Tout se vaudrait, je suppose, si nous étions raisonnables, et le bonheur n'est peut-être qu'un malheur mieux supporté. Je me disais cela, parce que le courage consiste à donner raison aux choses, quand nous ne pouvons les changer. Pourtant, que l'insuffisance soit dans la vie, ou seulement en nous-mêmes, elle n'en est pas moins grande et nous en souffrons autant. Et vous non plus, mon amie, vous n'étiez pas heureuse.

Vous aviez vingt-quatre ans. C'était, à peu près, l'âge de mes sœurs aînées. Mais vous n'étiez pas, comme elles, effacée ou timide : il y avait en vous une vitalité admirable. Vous n'étiez pas née pour une existence de petites peines ou de petits bonheurs ; vous étiez trop puissante. Jeune fille, vous vous étiez fait de votre vie d'épouse une idée très sévère et très grave, un idéal de tendresse plus affectueux qu'aimant. Et cependant, sans le savoir vous-même, dans l'enchaînement étroit de ces devoirs ennuyeux et souvent difficiles, qui devaient selon vous composer tout l'avenir, vous glissiez autre chose. L'usage ne permet pas aux femmes la passion : il leur permet seulement l'amour ; c'est pour cela peut-être qu'elles aiment si totalement. Je n'ose dire que vous étiez née pour une existence de plaisir ; il y a dans ce mot quelque chose de coupable, ou du moins d'inter-dit ; j'aime mieux dire, mon amie, que vous étiez née pour connaître et pour donner la joie. Il faudrait tâcher de redevenir assez purs pour

comprendre toute l'innocence de la joie, cette
forme ensoleillée du bonheur. Vous aviez cru qu'il
suffisait de l'offrir pour l'obtenir en retour ; je
n'affirme pas que vous étiez déçue : il faut
beaucoup de temps pour qu'un sentiment, chez
une femme, se transforme en pensée : vous étiez
seulement triste.

Ainsi, je ne vous aimais pas. Vous aviez
renoncé à me demander ce grand amour, que sans
doute aucune femme ne m'inspirera jamais, puisqu'il ne m'est pas donné de l'éprouver pour vous.
Mais cela, vous l'ignoriez. Vous étiez trop raisonnable pour ne pas vous résigner à cette vie sans
issue, mais vous étiez trop saine pour ne pas en
souffrir. La souffrance que l'on cause est celle
dont on s'aperçoit la dernière ; et puis, vous la
cachiez ; dans les premiers temps, je vous crus
presque heureuse. Vous vous efforciez en quelque
sorte de vous éteindre pour me plaire, vous
portiez des vêtements sombres, épais, dissimulant
votre beauté, parce que le moindre effort de
parure m'effrayait (vous le compreniez déjà)
comme une offre d'amour. Sans vous aimer, je
m'étais pris pour vous de l'affection la plus
inquiète ; une absence d'un moment m'attristait
tout un jour, et l'on n'aurait pu savoir si je
souffrais d'être éloigné de vous, ou si, tout simplement, j'avais peur d'être seul. Moi-même, je ne le
savais pas. Et, puis, j'avais peur d'être ensemble,
d'être seuls ensemble. Je vous entourais d'une
atmosphère de tendresse énervante ; je vous

demandais, vingt fois de suite, si vous teniez à moi ; je savais trop bien que c'était impossible.

Nous nous forcions aux pratiques d'une dévotion exaltée, qui ne correspondait plus à nos vraies croyances : ceux auxquels tout manque s'appuient sur Dieu et c'est à ce moment que Dieu leur manque aussi. Souvent, nous nous attardions dans ces vieilles églises accueillantes et sombres qu'on visite en voyage ; nous avions même pris l'habitude d'y prier. Nous revenions le soir, serrés l'un contre l'autre, unis du moins par une ferveur commune ; nous trouvions des prétextes pour rester dans la rue à regarder la vie des autres ; la vie des autres paraît toujours facile parce qu'on ne la vit pas. Nous savions trop bien que notre chambre nous attendait quelque part, une chambre de passage, froide, nue, vainement ouverte sur la tiédeur de ces nuits italiennes, une chambre sans solitude, et pourtant sans intimité. Car nous habitions la même chambre, c'est moi qui le voulais. Nous hésitions chaque soir à allumer la lampe ; sa lumière nous gênait, et cependant, nous n'osions plus l'éteindre. Vous me trouviez pâle ; vous ne l'étiez pas moins ; j'avais peur que vous n'eussiez pris froid ; vous me reprochiez doucement de m'être fatigué à des prières trop longues : nous étions l'un pour l'autre d'une désespérante bonté. Vous aviez à cette époque des insomnies intolérables ; j'avais, moi aussi, du mal à m'endormir ; nous simulions la présence du sommeil, pour n'être pas forcés de nous plaindre l'un l'autre. Ou bien, vous pleuriez. Vous pleuriez, le plus silencieusement possible, pour que je ne m'en aperçusse pas, et je feignais alors de ne pas vous entendre. Il vaut peut-être mieux ne pas s'apercevoir des larmes, lorsqu'on ne peut les consoler.

Mon caractère changeait : je devenais fantasque, difficile, irritable, il semblait qu'une vertu me dispensât des autres. Je vous en voulais de ne pas réussir à me donner ce calme, sur lequel j'avais compté, et que je ne demandais, mon Dieu, pas mieux que d'obtenir. J'avais pris l'habitude des demi-confidences ; je vous torturais d'aveux, d'autant plus inquiétants qu'ils étaient incomplets. Nous trouvions, dans les larmes, une sorte de satisfaction misérable : notre double détresse finissait par nous unir, autant que du bonheur. Vous aussi, vous vous transformiez. Il semblait que je vous eusse ravi votre sérénité d'autrefois, sans être parvenu à me l'approprier. Vous aviez, comme moi, des impatiences et des tristesses soudaines, impossibles à comprendre ; nous n'étions plus que deux malades s'appuyant l'un sur l'autre.

J'avais complètement abandonné la musique. La musique faisait partie d'un monde où je m'étais résigné à ne plus jamais vivre. On dit que la musique est l'univers de l'âme ; cela se peut, mon amie : cela prouve simplement que l'âme et la chair ne sont pas séparables, et que l'une contient l'autre, comme le clavier contient les

sons. Le silence qui succède aux accords n'a rien
des silences ordinaires : c'est un silence attentif;
c'est un silence vivant. Bien des choses insoup-
çonnées se murmurent en nous à la faveur de ce
silence, et nous ne savons jamais ce que va nous
dire une musique qui finit. Un tableau, une
statue, voire même un poème, nous présentent
des idées précises, qui d'ordinaire ne nous mènent
pas plus loin, mais la musique nous parle de
possibilités sans bornes. Il est dangereux de
s'exposer aux émotions dans l'art, lorsqu'on a
résolu de s'en abstenir dans la vie. Ainsi, je ne
jouais plus et je ne composais plus. Je ne suis pas
de ceux qui demandent à l'art la compensation du
plaisir; j'aime l'une et l'autre et non pas l'une
pour l'autre ces deux formes un peu tristes de
tout désir humain. Je ne composais plus. Mon
dégoût de la vie s'étendait lentement à ces rêves
de la vie idéale, car un chef-d'œuvre, Monique,
c'est de la vie rêvée. Il n'était pas jusqu'à la
simple joie que cause à tout artiste l'achèvement
d'un ouvrage, qui ne se fût desséchée, ou pour
mieux dire, qui ne se fût congelée en moi. Cela
tenait peut-être à ce que vous n'étiez pas musi-
cienne : mon renoncement, ma fidélité n'eussent
pas été complets, si je m'étais engagé, chaque
soir, dans un monde d'harmonie où vous n'entriez
pas. Je ne travaillais plus. J'étais pauvre : jusqu'à
mon mariage, j'avais peiné pour vivre. Je trouvais
maintenant une sorte de volupté à dépendre de
vous, même de votre fortune : cette situation un

peu humiliante était une garantie contre l'ancien péché. Nous avons tous, Monique, certains préjugés bien étranges : il est seulement cruel de trahir une femme qui nous aime, mais il serait odieux de tromper celle dont l'argent nous fait vivre. Et vous, si laborieuse, n'osiez blâmer tout haut mon inaction complète : vous craigniez que je ne visse dans vos paroles un reproche à ma pauvreté.

L'hiver, puis le printemps, passa ; nos excès de tristesse nous avaient épuisés ainsi qu'une grande débauche. Nous éprouvions cette sécheresse du cœur qui suit l'abus des larmes, et mon découragement ressemblait à du calme. J'étais presque effrayé de me sentir si calme ; je croyais m'être conquis. On est si prompt, hélas, à se dégoûter de ses conquêtes ! Nous accusions de notre accablement la fatigue des voyages : nous nous fixâmes à Vienne. J'éprouvais quelque répugnance à rentrer dans cette ville, où j'avais vécu seul, mais vous teniez, par une délicatesse de cœur, à ne pas m'éloigner de mon pays natal. Je m'efforçais de croire que j'allais être, à Vienne, moins malheureux que naguère ; j'étais surtout moins libre. Je vous laissai choisir les meubles et les tentures des chambres ; je vous regardais, avec un peu d'amertume, aller et venir dans ces pièces encore nues, où nos deux existences seraient emprisonnées. La société viennoise s'était éprise de votre beauté brune, et cependant pensive : la vie mondaine, dont ni l'un ni l'autre nous n'avions l'habitude, nous permit quelque temps d'oublier combien nous étions seuls. Puis, elle nous fatigua. Nous mettions une sorte de constance à supporter l'ennui dans cette maison trop neuve, où les objets pour nous étaient sans souvenir, et où les miroirs ne nous connaissaient pas. Mon effort de vertu, et votre tentative d'amour, n'aboutissaient même pas à nous distraire l'un l'autre.

Tout, même une tare, a ses avantages pour un esprit un peu lucide ; elle procure une vue moins conventionnelle du monde. Ma vie moins solitaire, et la lecture des livres, m'apprirent quelle différence existe entre les convenances extérieures et la morale intime. Les hommes ne disent pas tout, mais lorsqu'on a, comme moi, dû prendre l'habitude de certaines réticences, on s'aperçoit très vite qu'elles sont universelles. J'avais acquis une aptitude singulière à deviner les vices ou les faiblesses cachés ; ma conscience, mise à nu, me révélait celle des autres. Sans doute, ceux auxquels je me comparais se fussent indignés d'un rapprochement semblable ; ils se croyaient normaux, peut-être parce que leurs vices étaient très ordinaires ; et cependant, pouvais-je les juger bien supérieurs à moi, dans leur recherche d'un plaisir qui n'aboutit qu'à soi-même, et qui, le plus souvent, ne souhaite pas l'enfant ? Je finissais par me dire que mon seul tort (mon seul malheur plutôt) était d'être, non certes pire que tous, mais seulement différent. Et même, bien des gens s'accommodent d'instincts pareils aux miens ; ce n'est pas si rare, ni surtout si étrange. Je m'en voulais d'avoir pris au tragique des préceptes que démentent tant d'exemples, — et la morale humaine n'est qu'un grand compromis. Mon Dieu, je ne blâme personne : chacun couve en silence ses secrets et ses rêves, sans l'avouer jamais, sans se l'avouer même, et tout s'expliquerait si l'on ne mentait pas. Ainsi, je m'étais torturé pour peu de chose peut-être. Me conformant aux règles morales les plus strictes, je me donnais maintenant le droit de les juger, et l'on eût dit que ma pensée osait être plus libre, depuis que je renonçais à toute liberté dans la vie.

Je n'ai pas encore dit combien vous désiriez un fils. Je le désirais passionnément aussi. Pourtant, lorsque je sus qu'un enfant nous viendrait, je n'en ressentis que peu de joie. Sans doute, le mariage sans l'enfant n'est qu'une débauche permise ; si l'amour de la femme est digne d'un respect que ne mérite pas l'autre, c'est uniquement peut-être parce qu'il contient l'avenir. Mais, ce n'est pas au moment où la vie semble absurde et dénuée de but, qu'on peut se réjouir de la perpétuer. Cet enfant, dont nous rêvions ensemble, allait venir au monde entre deux étrangers : il n'était ni la preuve, ni le complément du bonheur, mais une compensation. Nous espérions vaguement que tout s'arrangerait lorsqu'il serait là, et je l'avais voulu parce que vous étiez triste. Vous éprouviez même, d'abord, quelque timidité à me parler de lui ; cela, plus que toute autre chose, montre combien nos vies étaient restées distantes. Et

cependant, ce petit être commençait à nous venir
en aide. J'y pensais, un peu comme s'il était
l'enfant d'un autre ; je goûtais la douceur de cette
intimité, redevenue fraternelle, où la passion
n'avait plus à entrer. Il me semblait presque que
vous étiez ma soeur, ou quelque proche parente
que l'on m'avait confiée et qu'il fallait soigner,
rassurer et peut-être consoler d'une absence.
Vous aviez fini par aimer beaucoup cette petite
créature qui, du moins, vivait déjà pour vous.
Mon contentement, si avouable, n'était pas non
plus dépouillé d'égoïsme : n'ayant pas su vous
rendre heureuse, je trouvais naturel de m'en
décharger sur l'enfant.

Daniel naquit en juin, à Woroïno, dans ce triste
pays de la Montagne-Blanche où je suis né moi-
même. Vous aviez tenu à ce qu'il vînt au monde
dans ce paysage d'autrefois : c'était, pour vous,
comme si vous me donniez plus complètement
mon fils. La maison, quoique restaurée et nouvellement repeinte, était restée la même : elle semblait seulement devenue bien plus grande, parce
que nous étions moins nombreux. Mon frère (je
n'avais plus qu'un frère) y demeurait avec sa
femme ; c'étaient des gens très provinciaux, que la
solitude avait rendus sauvages, et que la pauvreté
avait rendus craintifs. Ils vous accueillirent avec
un e npressement un peu gauche, et, comme le
voyage vous avait fatiguée, ils vous offrirent, pour
vous faire honneur, la grande chambre où ma
mère était morte, et où nous étions nés. Vos

mains, posées sur la blancheur des draps, ressemblaient presque aux siennes; chaque matin,
comme au temps où j'entrais chez ma mère,
j'attendais que ces longs doigts fragiles se posas-
sent sur ma tête, afin de me bénir. Mais je n'osais
demander pareille chose : je me contentais de les
baiser, tout simplement. Et cependant, j'aurais eu
grand besoin de cette bénédiction. La chambre
était un peu sombre, avec un lit de parade entre
des rideaux très épais. Bien des femmes, je
suppose, aux jours anciens de ma famille,
s'étaient couchées là pour attendre leur enfant ou
leur mort, et la mort n'est peut-être que l'enfante-
ment d'une âme.

Les dernières semaines de votre grossesse
furent pénibles : un soir, ma belle-sœur vint me
dire de prier. Je ne priai pas; je me répétais
seulement que sans doute vous alliez mourir. Je
craignais de ne pas éprouver un désespoir assez
sincère : j'en avais, d'avance, une sorte de
remords. Et puis, vous étiez résignée. Vous étiez
résignée comme ceux qui ne tiennent pas beaucoup à vivre : je voyais un reproche dans cette
tranquillité. Peut-être sentiez-vous que notre
union n'était pas faite pour durer toute la vie, et
que vous finiriez par aimer quelqu'un d'autre.
Avoir peur de l'avenir, cela nous facilite la mort.
Je tenais dans mes mains vos mains toujours un
peu fiévreuses; nous nous taisions tous deux sur
une pensée commune, votre disparition possible;
et votre fatigue était telle que vous ne vous

demandiez même pas ce que deviendrait l'enfant.
Je me disais, avec révolte, que la nature est injuste
envers ceux qui obéissent à ses lois les plus claires,
puisque chaque naissance met en péril deux vies.
Chacun fait souffrir, quand il naît, et souffre
quand il meurt. Mais ce n'est rien que la vie soit
atroce ; le pire est qu'elle soit vaine et qu'elle soit
sans beauté. La solennité d'une naissance, comme
la solennité d'une mort, se perd, pour ceux qui y
assistent, en détails répugnants ou simplement
vulgaires. On avait cessé de m'admettre dans
votre chambre : vous vous débattiez parmi les
soins et les prières des femmes, et comme les
lampes restaient allumées toute la nuit, on sentait
bien qu'on attendait quelqu'un. Vos cris, m'arrivant à travers les portes fermées, avaient quelque
chose d'inhumain, qui me faisait horreur. Je
n'avais pas songé à vous imaginer, d'avance, aux
prises avec cette forme tout animale de la douleur,
et je m'en voulais de cet enfant qui vous faisait
crier. C'est ainsi, Monique, que tout se tient, non
seulement dans une vie, mais aussi dans une
âme : le souvenir de ces heures, où je vous crus
perdue, contribua peut-être à me ramener du
côté où penchaient toujours mes instincts.

On me fit entrer dans votre chambre pour me
montrer l'enfant. Tout, maintenant, était redevenu paisible ; vous étiez heureuse, mais d'un
bonheur physique, fait surtout de fatigue et de
libération. Seulement, l'enfant pleurait entre les
bras des femmes. Je suppose qu'il souffrait du

froid, du bruit des paroles, des mains qui le maniaient, du contact des langes. La vie venait de l'arracher aux chaudes ténèbres maternelles : il avait peur, je pense, et rien, pas même la nuit, pas même la mort, ne remplacerait pour lui cet asile vraiment primordial, car la mort et la nuit ont des ténèbres froides, et que n'anime pas le battement d'un cœur. Je me sentais timide, devant cet enfant qu'il fallait embrasser. Il m'inspirait, non pas de la tendresse, ni même de l'affection, mais une grande pitié, car on ne sait jamais, devant les nouveau-nés, quelle raison de pleurer leur fournira l'avenir.

Je me disais qu'il serait vôtre, votre enfant, Monique, beaucoup plus que le mien. Il hériterait de vous, non seulement cette fortune, qui depuis si longtemps manquait à Woroïno (et la fortune, mon amie, ne donne pas le bonheur, mais le permet souvent) ; il hériterait aussi de vos beaux gestes calmes, de votre intelligence et de ce clair sourire qui nous accueille dans les tableaux français. Du moins, je le souhaite. Je m'étais, par un sentiment aveugle du devoir, rendu responsable de sa vie, qui courait quelque risque de n'être pas heureuse, puisqu'il était mon fils ; et ma seule excuse était de lui avoir donné une admirable mère. Et cependant, je me disais qu'il était un Géra, qu'il appartenait à cette famille où les gens se transmettent précieusement des pensées si anciennes qu'elles sont maintenant hors d'usage, comme les traîneaux dorés et les voitures de cour

Il descendait, comme moi, d'ancêtres de Pologne,
de Podolie et de Bohême ; il aurait leurs passions,
leurs découragements subits, leur goût pour les
tristesses et les plaisirs bizarres, toutes leurs
fatalités, auxquelles s'ajoutent les miennes. Car
nous sommes d'une race bien étrange, où la folie
et la mélancolie alternent de siècle en siècle,
comme les yeux noirs et les yeux bleus. Daniel et
moi, nous avons les yeux bleus. L'enfant dormait
maintenant dans le berceau placé près du lit ; les
lampes, posées sur la table, éclairaient confusément les choses, et les portraits de famille, que
d'habitude on ne regarde plus à force de les voir,
cessaient d'être une présence pour devenir une
apparition. Ainsi, la volonté qu'exprimaient ces
figures d'ancêtres s'était réalisée : notre mariage
avait abouti à l'enfant. Par lui, cette vieille race se
prolongerait dans l'avenir ; il importait peu,
maintenant, que mon existence continuât : je
n'intéressais plus les morts, et je pouvais disparaître à mon tour, mourir, ou bien recommencer à
vivre.

La naissance de Daniel ne nous avait pas
rapprochés : elle nous avait déçus, tout autant
que l'amour. Nous n'avions pas repris notre
existence commune ; j'avais cessé de me blottir
contre vous, le soir, comme un enfant qui a peur
des ténèbres, et l'on m'avait rendu la chambre où
je dormais lorsque j'avais seize ans. Dans ce lit,
où je retrouvais, avec mes rêves d'autrefois, le
creux que jadis avait formé mon corps, j'avais la

sensation de m'unir à moi-même. Mon amie, nous croyons à tort que la vie nous transforme : elle nous use et ce qu'elle use en nous, ce sont les choses apprises. Je n'avais pas changé ; seulement, les événements s'étaient interposés entre moi et ma propre nature ; j'étais ce que j'avais été, peut-être plus profondément qu'autrefois, car à mesure que tombent l'une après l'autre nos illusions et nos croyances, nous connaissons mieux notre être véritable. Tant d'efforts et de bonne volonté aboutissaient à me retrouver tel que j'étais jadis : une âme un peu trouble, mais que deux ans de vertu avaient désabusée. Monique, cela décourage. Il semblait aussi que ce long travail maternel, accompli en vous, ramenât votre nature à sa simplicité première : vous étiez, comme avant le mariage, un jeune être désireux du bonheur, mais seulement plus ferme, plus calme, et moins encombré d'âme. Votre beauté avait acquis une sorte de paisible abondance : c'était moi, maintenant, qui me savais malade, et m'en félicitais. Une pudeur m'empêchera toujours de vous dire combien de fois, durant ces mois d'été, j'ai désiré la mort ; et je ne veux pas savoir si, vous comparant à des femmes plus heureuses, vous m'en avez voulu de vous gâcher l'avenir. Nous nous aimions, pourtant, autant qu'on peut s'aimer sans passion l'un pour l'autre ; la belle saison (c'était la seconde depuis notre mariage) finissait, un peu hâtivement, comme font les belles saisons dans les pays du Nord ; nous

achevions de goûter en silence cette fin d'un été et
d'une tendresse, qui avaient porté leurs fruits et
n'avaient plus qu'à mourir. Ce fut dans cette
tristesse que la musique revint à moi.

Un soir, en septembre, le soir qui précéda notre
retour à Vienne, je cédai à l'attirance du piano,
qui jusqu'alors était resté fermé. J'étais seul dans
le salon presque sombre ; c'était, je vous l'ai dit,
mon dernier soir à Woroïno. Depuis de longues
semaines, une inquiétude physique s'était glissée
en moi, une fièvre, des insomnies, contre lesquelles je luttais et dont j'accusais l'automne. Il est
des musiques fraîches où l'on se désaltère : du
moins je le pensais. Je me mis à jouer. Je jouais ; je
jouais d'abord avec précaution, doucement, déli-
catement comme si j'avais mon âme à endormir
en moi. J'avais choisi les morceaux les plus
calmes, de purs miroirs d'intelligence, Debussy
ou Mozart, et l'on aurait pu dire, comme autrefois
à Vienne, que je craignais la musique trouble.
Mais mon âme, Monique, ne voulait pas dormir.
Ou, peut-être, ce n'était même pas l'âme. Je
jouais vaguement, laissant chaque note flotter sur
du silence. C'était (je vous l'ai dit) mon dernier
soir à Woroïno. Je savais que mes mains ne
s'uniraient plus jamais à ces touches, que jamais
plus cette chambre, grâce à moi, ne s'emplirait
d'accords. J'interprétais mes souffrances physiques comme un présage funèbre : je m'étais
résolu à me laisser mourir. Abandonnant mon
âme au sommet des arpèges, comme un corps sur

la vague quand la vague redescend, j'attendais que la musique me facilitât cette retombée prochaine vers le gouffre et l'oubli. Je jouais avec accablement. Je me disais que ma vie était à refaire et que rien ne guérit, pas même la guérison. Je me sentais trop las pour cette succession de rechutes et d'efforts, également épuisants, et cependant je jouissais déjà, dans la musique, de ma faiblesse et de mon abandon. Je n'étais plus capable, comme autrefois, d'éprouver du mépris pour la vie passionnée, dont pourtant j'avais peur. Mon âme s'était plus profondément enfoncée dans ma chair; et ce que je regrettais, remontant, de pensées en pensées, d'accords en accords, vers mon passé le plus intime et le moins avoué, c'étaient, non pas mes fautes, mais les possibilités de joie que j'avais repoussées. Ce n'était pas d'avoir cédé trop souvent, c'était d'avoir trop longtemps et trop durement lutté.

Je jouais, désespérément. L'âme humaine est plus lente que nous : cela me fait admettre qu'elle pourrait être plus durable. Elle est toujours un peu en arrière de notre vie présente. Je commençais seulement à comprendre le sens de cette musique intérieure, de cette musique de joie et de désir sauvage, que j'avais étouffée en moi. J'avais réduit mon âme à une seule mélodie, plaintive et monotone; j'avais fait de ma vie du silence, où ne devait monter qu'un psaume. Je n'ai pas assez de foi, mon amie, pour me borner aux psaumes; et si je me repens, c'est de mon repentir. Les sons,

Monique, se déploient dans le temps comme les
formes dans l'espace, et, jusqu'à ce qu'une musique ait cessé, elle reste, en partie, plongée dans
l'avenir. Il y a quelque chose d'émouvant, pour
l'improvisateur, dans cette élection de la note qui
va suivre. Je commençais à comprendre cette
liberté de l'art et de la vie, qui n'obéissent qu'aux
lois de leur développement propre. Le rythme suit
la montée du trouble intérieur : cette auscultation
est terrible, quand le cœur bat trop vite. Ce qui,
maintenant, naissait de l'instrument où, pendant
deux années, j'avais séquestré tout moi-même, ce
n'était plus le chant du sacrifice, ce n'était même
plus celui du désir, ni de la joie toute proche.
C'était la haine ; la haine pour tout ce qui m'avait
falsifié, écrasé si longtemps. Je pensais, avec une
sorte de cruel plaisir, que de votre chambre vous
m'entendiez jouer ; je me disais que cela suffisait
comme aveu et comme explication.

Et ce fut à ce moment que mes mains m'appa-
rurent. Mes mains reposaient sur les touches,
deux mains nues, sans bague, sans anneau, — et
c'était comme si j'avais sous les yeux mon âme
deux fois vivante. Mes mains (j'en puis parler,
puisque ce sont mes seules amies) me semblaient
tout à coup extraordinairement sensitives ; même
immobiles, elles paraissaient effleurer le silence
comme pour l'inciter à se révéler en accords. Elles
reposaient, encore un peu tremblantes du rythme,
et il y avait en elles tous les gestes futurs, comme
tous les sons possibles dormaient dans ce clavier.

Elles avaient noué autour des corps la brève joie des étreintes ; elles avaient palpé, sur les claviers sonores, la forme des notes invisibles ; elles avaient, dans les ténèbres, enfermé d'une caresse le contour des corps endormis. Souvent, je les avais tenues levées, dans l'attitude de la prière ; souvent, je les avais unies aux vôtres, mais de tout cela, elles ne se souvenaient plus. C'étaient des mains anonymes, les mains d'un musicien. Elles étaient mon intermédiaire, par la musique, avec cet infini que nous sommes tentés d'appeler Dieu, et, par les caresses, mon moyen de contact avec la vie des autres. C'étaient des mains effacées, aussi pâles que l'ivoire auquel elles s'appuyaient, car je les avais privées de soleil, de travail et de joie. Et cependant, c'étaient des servantes bien fidèles ; elles m'avaient nourri, quand la musique était mon gagne-pain ; et je commençais à comprendre qu'il y a quelque beauté à vivre de son art, puisque cela nous libère de tout ce qui n'est pas lui. Mes mains, Monique, me libéreraient de vous. Elles pourraient de nouveau se tendre sans contrainte ; elles m'ouvraient, mes mains libératrices, la porte du départ. Peut-être, mon amie, est-il absurde de tout dire, mais ce soir-là, gauchement, à la façon dont on scelle un pacte avec soi-même, j'ai baisé mes deux mains.

Si je passe rapidement sur les jours qui suivirent, c'est que mes sensations ne concernent et n'émeuvent que moi seul. J'aime mieux garder pour moi mes souvenirs intimes, puisque je n'en

puis parler, devant vous, qu'avec les précautions
d'une pudeur qui ressemble à de la honte, et que
je mentirais si je montrais du repentir. Rien
n'égale la douceur d'une défaite qu'on sait définitive : à Vienne, durant ces derniers jours ensoleil-
lés d'automne, j'eus l'émerveillement de retrouver
mon corps. Mon corps, qui me guérit d'avoir une
âme. Vous n'avez vu de moi que les craintes, les
remords et les scrupules de la conscience, non pas
même de la mienne, mais de celle des autres, que
je prenais pour guide. Je n'ai pas su, ou pas osé
vous dire quelle adoration ardente me fait éprouver la beauté et le mystère des corps, ni comment
chacun d'eux, quand il s'offre, semble m'apporter
un fragment de la jeunesse humaine. Mon amie,
vivre est difficile. J'ai assez bâti de théories
morales pour n'en pas construire d'autres, et de
contradictoires : je suis trop raisonnable pour
croire que le bonheur ne gît qu'au bord d'une
faute, et le vice pas plus que la vertu ne peut
donner la joie à ceux qui ne l'ont pas d'eux-
mêmes. Seulement, j'aime encore mieux la faute
(si c'en est une) qu'un déni de soi si proche de la
démence. La vie m'a fait ce que je suis, prisonnier
(si l'on veut) d'instincts que je n'ai pas choisis,
mais auxquels je me résigne, et cet acquiesce-
ment, je l'espère, à défaut du bonheur, me
procurera la sérénité. Mon amie, je vous ai
toujours crue capable de tout comprendre, ce qui
est bien plus rare que de tout pardonner.

Et maintenant, je vous dis adieu. Je pense, avec

une infinie douceur, à votre bonté féminine, ou plutôt maternelle : je vous quitte à regret, mais j'envie votre enfant. Vous étiez le seul être devant qui je me jugeais coupable, mais écrire ma vie me confirme en moi-même ; je finis par vous plaindre sans me condamner sévèrement. Je vous ai trahie ; je n'ai pas voulu vous tromper. Vous êtes de celles qui choisissent toujours, par devoir, la voie la plus étroite et la plus difficile : je ne veux pas, en implorant votre pitié, vous donner un prétexte pour vous sacrifier davantage. N'ayant pas su vivre selon la morale ordinaire, je tâche, du moins, d'être d'accord avec la mienne : c'est au moment où l'on rejette tous les principes qu'il convient de se munir de scrupules. J'avais pris envers vous d'imprudents engagements que devait protester la vie : je vous demande pardon, le plus humblement possible, non pas de vous quitter, mais d'être resté si longtemps.

Lausanne,
31 août 1927 — 17 septembre 1928.

Le Coup de Grâce

PRÉFACE

Le Coup de Grâce, *ce court roman placé dans le sillage de la guerre de 1914 et de la Révolution russe, fut écrit à Sorrente en 1938, et publié trois mois avant la Seconde Guerre mondiale, celle de 1939, donc vingt ans environ après l'incident qu'il relate. Le sujet en est à la fois très éloigné de nous et très proche, très éloigné parce que d'innombrables épisodes de guerre civile se sont en vingt ans superposés à ceux-là ; très proche, parce que le désarroi moral qu'il décrit reste celui où nous sommes encore et plus que jamais plongés. Le livre s'inspire d'une occurrence authentique, et les trois personnages qui s'appellent ici respectivement Éric, Sophie et Conrad, sont restés à peu près tels que me les avait décrits l'un des meilleurs amis du principal intéressé.*

L'aventure m'émut, comme j'espère qu'elle émouvra le lecteur. De plus, et du seul point de vue littéraire, elle me parut porter en soi tous les éléments du style tragique, et par conséquent se prêter admirablement à entrer dans le cadre du récit français traditionnel, qui semble avoir retenu certaines caractéristiques de la tragédie. Unité de temps, de lieu et, comme le définissait jadis Corneille avec un singulier bonheur d'expression, unité de danger ; action limitée à deux ou trois personnages dont l'un au moins est assez lucide pour essayer de se connaître et de passer jugement sur soi-même ; enfin, inévitabilité du dénouement tragique auquel la passion tend toujours, mais qui prend d'ordinaire dans la vie quotidienne des formes plus insidieuses ou plus invisibles. Le décor même, ce coin obscur de pays balte isolé par la révolution et la guerre, semblait, pour des raisons analogues à celles qu'a si parfaitement exposées Racine dans sa préface de Bajazet, satisfaire aux conditions du jeu tragique en libérant l'aventure de Sophie et d'Éric de ce que seraient pour nous ses contingences habituelles, en donnant à l'actualité d'hier ce recul dans l'espace qui est presque l'équivalent de l'éloignement dans le temps.

Mon intention n'était pas en écrivant ce livre de recréer un milieu ou une époque, ou ne l'était que secondairement. Mais la vérité psychologique que nous cherchons passe trop par l'individuel et le particulier pour que nous puissions avec bonne conscience, comme le firent avant nous nos modèles de l'époque classique, ignorer ou taire les réalités extérieures qui conditionnent une aventure. L'endroit que j'appelais Kratovicé ne pouvait pas n'être qu'un vestibule de tragédie, ni ces sanglants épisodes de guerre civile qu'un vague fond rouge à une histoire d'amour. Ils avaient créé chez ces personnages un certain état de désespoir permanent sans lequel leurs faits et gestes ne s'expliquaient pas. Ce garçon et cette fille que je connaissais seulement par un bref résumé de leur aventure n'existeraient plausiblement que sous leur éclairage propre, et autant que possible dans des circonstances historiquement authentiques. Il s'ensuit que ce sujet choisi parce qu'il m'offrait un conflit de passions et de volontés presque pur a fini par m'obliger à déplier des cartes d'état-major, à glaner des détails donnés par d'autres témoins oculaires, à rechercher de vieux journaux illustrés pour essayer d'y trouver le maigre écho ou le maigre reflet parvenant à l'époque en Europe occidentale de ces obscures opérations militaires sur la frontière d'un pays perdu. Plus tard, à deux ou trois reprises, des hommes qui avaient participé à ces mêmes guerres en pays balte ont bien voulu venir m'assurer spontanément que Le Coup de Grâce *ressemblait à leurs souvenirs, et aucune critique favorable ne m'a jamais plus rassurée sur la substance d'un de mes livres.*

Le récit est écrit à la première personne, et mis dans la bouche du principal personnage, procédé auquel j'ai souvent eu recours parce qu'il élimine du livre le point de vue de l'auteur, ou du moins ses commentaires, et parce qu'il permet de montrer un être humain faisant face à sa vie, et s'efforçant plus ou moins honnêtement de l'expliquer, et d'abord de s'en souvenir. Rappelons pourtant qu'un long récit oral fait par le personnage central d'un roman à de complaisants et silencieux auditeurs est, quoi qu'on fasse, une convention littéraire : c'est dans La Sonate à Kreutzer *ou dans* L'Immoraliste *qu'un héros se raconte avec cette précision de détails et cette logique discursive; ce n'est pas dans la vie réelle; les confessions véritables sont d'habitude plus fragmentaires ou plus répétitives, plus embrouillées ou plus vagues. Ces réserves valent bien entendu pour le récit que le héros du* Coup de Grâce *fait dans une salle d'attente à des camarades qui ne l'écoutent guère. Une fois admise, néanmoins, cette convention initiale, il dépend de l'auteur d'un récit de ce genre d'y mettre tout un être avec ses qualités et ses défauts exprimés par ses propres tics de langage, ses jugements justes ou faux, et les préjugés qu'il ne sait pas qu'il a, ses mensonges qui avouent ou ses aveux qui sont des mensonges, ses réticences, et même ses oublis.*

Mais une telle forme littéraire a le défaut de demander plus que toute autre la collaboration du lecteur; elle l'oblige à redresser les événements et les êtres vus à travers le personnage qui dit je comme des objets vus à travers l'eau. Dans la plupart des cas, ce biais du récit à la première personne favorise l'individu qui est ainsi censé s'exprimer; dans Le Coup de Grâce, c'est au contraire au détriment du narrateur que s'exerce cette déformation inévitable quand on parle de soi. Un homme du type d'Éric von Lhomond pense à contre-courant de soi-même; son horreur d'être dupe le pousse à présenter de ses actes, en cas de doute, l'interprétation qui est la pire; sa crainte de donner prise l'enferme dans une cuirasse de dureté dont ne s'affuble pas un homme vraiment dur; sa fierté met sans cesse une sourdine à son orgueil. Il en résulte que le lecteur naïf risque de faire d'Éric von Lhomond un sadique, et non un homme décidé à faire face sans ciller à l'atrocité de ses souvenirs, une brute galonnée, oubliant qu'une brute, précisément, ne serait pas hantée le moins du monde par le souvenir d'avoir fait souffrir, ou encore de prendre pour un antisémite professionnel cet homme chez qui le persiflage à l'égard des Juifs fait partie d'un conformisme de caste, mais qui laisse percer son admiration pour le courage de la prêteuse sur gages israélite, et fait entrer Grigori Loew dans le cercle héroïque des amis et des adversaires morts.

C'est, comme on le pense bien, dans les rapports compliqués de l'amour et de la haine que se marque le plus cet écart entre l'image que le narrateur trace de soi-même et ce qu'il est, ou ce qu'il a été. Éric semble reléguer au second plan Conrad de Reval, et n'offre de cet ami ardemment aimé qu'un portrait assez vague, d'abord parce qu'il n'est pas homme à insister sur ce qui le touche le plus, ensuite parce qu'il n'y a pas grand-chose à dire à des indifférents au sujet de ce camarade disparu avant de s'être affirmé ou formé. Une oreille avertie reconnaîtrait peut-être, dans certaines de ses allusions à son ami, ce ton de factice désinvolture ou d'imperceptible irritation qu'on a envers ce qu'on a trop aimé. S'il donne au contraire la première place à Sophie, et la peint en beau jusque dans ses défaillances et ses pauvres excès, ce n'est pas seulement parce que l'amour de la jeune fille le flatte, et même le rassure ; c'est parce que le code d'Éric l'oblige à traiter avec respect cette adversaire qu'est une femme qu'on n'aime pas. D'autres biaisements sont moins volontaires. Cet homme par ailleurs clairvoyant systématise sans le vouloir des élans et des refus qui furent ceux de la première jeunesse : il a peut-être été plus épris de Sophie qu'il ne le dit ; il a sûrement été plus jaloux d'elle que sa vanité ne lui permet de l'admettre ; et, d'autre part, sa répugnance et sa révolte en présence de l'insistante passion de la jeune fille sont moins rares qu'il ne le suppose, effets presques banals du choc de la première rencontre d'un homme avec le terrible amour.

Par-delà l'anecdote de la fille qui s'offre et du garçon

qui se refuse, le sujet central du Coup de Grâce *est
avant tout cette communauté d'espèce, cette solidarité de
destin chez trois êtres soumis aux mêmes privations et aux
mêmes dangers. Éric et Sophie surtout se ressemblent par
teur intransigeance et leur goût passionné d'aller jusqu'au
bout d'eux-mêmes. Les égarements de Sophie sont faits du
besoin de se donner corps et âme bien plus que du désir
d'être prise par quelqu'un ou de plaire à quelqu'un.
L'attachement d'Éric à Conrad est plus qu'un comporte-
ment physique, ou même sentimental ; son choix correspond
vraiment à un certain idéal d'austérité, à une chimère de
camaraderie héroïque ; il fait partie d'une vue sur la vie ;
son érotique même est un aspect de sa discipline. Quand
Éric et Sophie se retrouvent à la fin du livre, j'ai essayé de
montrer, à travers le peu de mots qu'il valait pour eux la
peine d'échanger, cette intimité ou cette ressemblance plus
forte que les conflits de la passion charnelle ou des
allégeances politiques, plus forte même que les rancœurs du
désir frustré ou de la vanité blessée, ce lien fraternel si
serré qui les unit quoi qu'ils fassent et qui explique la
profondeur même de leurs meurtrissures. Au point où ils en
sont, il importe peu laquelle de ces deux personnes donne ou
reçoit la mort. Peu importe même qu'ils se soient ou non
haïs ou aimés.*

*Je sais que je m'inscris en faux contre la mode si j'ajoute
qu'une des raisons qui m'a fait choisir d'écrire* Le Coup de
Grâce *est l'intrinsèque noblesse de ses personnages. Il
faut s'entendre sur le sens de ce mot, qui signifie pour moi
absence totale de calculs intéressés. Je n'ignore pas qu'il y
a une sorte de dangereuse équivoque à parler de noblesse
dans un livre dont les trois principaux personnages*

appartiennent à une caste privilégiée dont ils sont les derniers représentants. Nous savons trop que les deux notions de noblesse morale et d'aristocratie de classe ne se superposent pas toujours, tant s'en faut. On tomberait d'autre part dans le préjugé populaire actuel en refusant d'admettre que l'idéal de noblesse du sang, si factice qu'il soit, a parfois favorisé dans certaines natures le développement d'une indépendance ou d'une fierté, d'une fidélité ou d'un désintéressement qui, par définition, sont nobles. Cette essentielle dignité, que fort souvent la littérature contemporaine refuse par convention à ses personnages, est d'ailleurs si peu d'origine sociale qu'Éric, en dépit de ses préjugés, la concède à Grigori Loew et la dénie à l'habile Volkmar, qui est pourtant de son milieu et de son camp.

Avec le regret d'avoir ainsi à souligner ce qui devrait aller de soi, je crois devoir mentionner pour finir que Le Coup de Grâce *n'a pour but d'exalter ou de discréditer aucun groupe ou aucune classe, aucun pays ou aucun parti. Le fait même que j'ai très délibérément donné à Éric von Lhomond un nom et des ancêtres français, peut-être pour pouvoir lui prêter cette âcre lucidité qui n'est pas spécialement une caractéristique germanique, s'oppose à l'interprétation qui consisterait à faire de ce personnage un portrait idéalisé, ou au contraire un portrait-charge, d'un certain type d'aristocrate ou d'officier allemand. C'est pour sa valeur de document humain (s'il en a), et non politique, que* Le Coup de Grâce *a été écrit, et c'est de cette façon qu'il doit être jugé.*

30 mars 1962

Il était cinq heures du matin, il pleuvait, et Éric von Lhomond, blessé devant Saragosse, soigné à bord d'un navire-hôpital italien, attendait au buffet de la gare de Pise le train qui le ramènerait en Allemagne. Beau, en dépit de la quarantaine, pétrifié dans une espèce de dure jeunesse, Éric von Lhomond devait à ses aïeux français, à sa mère balte, à son père prussien, son étroit profil, ses pâles yeux bleus, sa haute taille, l'arrogance de ses rares sourires, et ce claquement de talons que lui interdisait désormais son pied fracturé et entouré de bandages. On atteignait l'heure entre loup et chien où les gens sensibles se confient, où les criminels avouent, où les plus silencieux eux-mêmes luttent contre le sommeil à coups d'histoires ou de souvenirs. Éric von Lhomond, qui s'était toujours tenu avec obstination du côté droit de la barricade, appartenait à ce type d'hommes trop jeunes en 1914 pour avoir fait autre chose qu'effleurer le danger, et que les

désordres de l'Europe d'après-guerre, l'inquiétude personnelle, l'incapacité à la fois de se
satisfaire et de se résigner, transformèrent en
soldats de fortune au service de toutes les causes à
demi perdues ou à demi gagnées. Il avait pris part
aux divers mouvements qui aboutirent en Europe
Centrale à l'avènement d'Hitler; on l'avait vu au
Chaco et en Mandchourie, et, avant de servir sous
les ordres de Franco, il avait commandé jadis un
des corps de volontaires qui participaient à la lutte
antibolchevique en Courlande. Son pied blessé,
emmailloté comme un enfant, reposait de biais
sur une chaise, et tout en parlant il tourmentait
distraitement le bracelet démodé d'une énorme
montre en or, d'un mauvais goût tel qu'on ne
pouvait que l'admirer, comme d'une preuve de
courage, de l'arborer à son poignet. De temps à
autre, par un tic qui faisait chaque fois tressaillir
ses deux camarades, il frappait la table, non pas
du poing, mais de la paume de sa main droite
encombrée d'une lourde bague armoriée, et le
tintement des verres réveillait sans cesse le garçon
italien, joufflu et frisé, endormi derrière le comp-
toir. Il dut s'interrompre plusieurs fois dans son
récit pour rabrouer d'une voix aigre un vieux
cocher de fiacre borgne, ruisselant comme une
gouttière, qui venait intempestivement lui propo-
ser tous les quarts d'heure une promenade noc-
turne à la Tour Penchée; l'un des deux hommes
profitait de cette diversion pour réclamer un
nouveau café noir; on entendait claquer un étui à

cigarettes ; et l'Allemand, subitement accablé, à bout de forces, suspendant un instant l'interminable confession qu'il ne faisait au fond qu'à lui-même, voûtait les épaules en se penchant sur son briquet.

Une ballade allemande dit que les morts vont vite, mais les vivants aussi. Moi-même, à quinze ans de distance, je me souviens mal de ce qu'ont été ces épisodes embrouillés de la lutte antibolchevique en Livonie et en Courlande, tout ce coin de guerre civile avec ses poussées subites et ses complications sournoises, pareilles à celles d'un feu mal éteint ou d'une maladie de peau. Chaque région d'ailleurs a sa guerre bien à soi : c'est un produit local, comme le seigle et les pommes de terre. Les dix mois les plus pleins de ma vie se sont passés à commander dans ce district perdu dont les noms russes, lettons ou germaniques n'éveillaient rien dans l'esprit des lecteurs de journaux en Europe ou ailleurs. Des bois de bouleaux, des lacs, des champs de betteraves, des petites villes sordides, des villages pouilleux où nos hommes trouvaient de temps à autre l'aubaine d'un cochon à saigner, de vieilles demeures seigneuriales pillées au-dedans, éraflées au-dehors

par la marque des balles qui avaient abattu
le propriétaire et sa famille, des usuriers juifs
écartelés entre l'envie de faire fortune et la
peur des coups de baïonnette ; des armées qui
s'effilochaient en bandes d'aventuriers, contenant
chacune plus d'officiers que de soldats, avec leur
personnel ordinaire d'illuminés et de maniaques,
de joueurs et de gens convenables, de bons
garçons, d'abrutis et d'alcooliques. En fait de
cruauté, les bourreaux rouges, Lettons très spécialisés, avaient mis au point un art-de-faire-
souffrir qui faisait honneur aux grandes traditions
mongoles. Le supplice de la main chinoise était
particulièrement réservé aux officiers à cause de
leurs gants blancs légendaires, qui d'ailleurs
n'étaient plus qu'un souvenir dans l'état de
misère et d'humiliation acceptée où nous vivions
tous. Disons seulement, pour donner une idée des
raffinements de la fureur humaine, que le patient
se voyait souffleté avec la peau de sa propre main
écorchée vive. Je pourrais mentionner d'autres
détails plus affreux encore, mais les récits de cet
ordre oscillent entre le sadisme et la badauderie.
Les pires exemples de férocité ne servent jamais
qu'à durcir chez l'auditeur quelques fibres de
plus, et comme le cœur humain a déjà à peu près
la mollesse d'une pierre, je ne crois pas nécessaire
de travailler dans ce sens. Nos hommes n'étaient
certes pas en reste d'inventions, mais en ce qui me
concerne, je me contentais le plus souvent de la
mort sans phrases. La cruauté est un luxe d'oisifs,

comme les drogues et les chemises de soie. En fait
d'amour aussi, je suis partisan de la perfection
simple.

De plus, et quels que soient les dangers auxquels il a choisi de faire face, un aventurier (c'est
ce que je suis devenu) éprouve souvent une espèce
d'incapacité à s'engager à fond dans la haine. Je
généralise peut-être ce cas tout personnel d'impuissance : de tous les hommes que je connais, je
suis le moins fait pour chercher des excitants
idéologiques aux sentiments de rancune ou
d'amour que peuvent m'inspirer mes semblables ;
et je n'ai consenti à courir de risques que pour des
causes auxquelles je n'ai pas cru. J'avais pour les
Bolcheviks une hostilité de caste, qui allait de soi
à une époque où les cartes n'avaient pas été
brouillées aussi souvent qu'aujourd'hui, ni par
des trucs aussi habiles. Mais le malheur des
Russes blancs n'éveillait en moi que la sollicitude
la plus maigre, et le sort de l'Europe ne m'a
jamais empêché de dormir. Pris dans l'engrenage
balte, je me contentais d'y jouer le plus souvent le
rôle de la roue de métal, et le moins possible celui
du doigt écrasé. Que restait-il d'autre à un garçon
dont le père s'était fait tuer devant Verdun, en ne
lui laissant pour tout héritage qu'une croix de fer,
un titre bon tout au plus à se faire épouser d'une
Américaine, des dettes, et une mère à demi folle
dont la vie se passait à lire les Évangiles bouddhi-
ques et les poèmes de Rabindranath Tagore ?
Conrad était au moins dans cette existence sans

cesse déviée un point fixe, un nœud, un cœur. Il était balte avec du sang russe ; j'étais Prussien avec du sang balte et français ; nous chevauchions deux nationalités voisines. J'avais reconnu en lui cette faculté, à la fois cultivée et comprimée chez moi, de ne tenir à rien, et tout ensemble de goûter et de mépriser tout. Mais trêve aux explications psychologiques de ce qui n'est qu'entente spontanée des esprits, des caractères, des corps, y compris ce morceau de chair inexpliqué qu'il faut bien appeler le cœur, et qui battait chez nous avec un synchronisme admirable, bien qu'un peu plus faiblement dans sa poitrine que dans la mienne. Son père, qui avait des sympathies allemandes, avait crevé du typhus dans un camp de concentration des environs de Dresde, où quelques milliers de prisonniers russes pourrissaient dans la mélancolie et la vermine. Le mien, fier de notre nom et de nos origines françaises, s'était fait ouvrir le crâne dans une tranchée de l'Argonne par un soldat noir au service de la France. Tant de malentendus devaient dans l'avenir me dégoûter à jamais de toute conviction autre que personnelle. En 1915, heureusement, la guerre et même le deuil ne se présentaient pour nous que sous leur aspect de grandes vacances. Nous échappions aux devoirs, aux examens, à tout le tintouin de l'adolescence. Kratovicé était situé sur la frontière, dans une espèce de cul-de-sac où les sympathies et les relations de famille oblitéraient parfois les passeports, à cette époque où se relâchaient déjà les disciplines de guerre. A cause de son veuvage prussien, ma mère, bien que balte et cousine des comtes de Reval, n'eût pas été réadmise par les autorités russes, mais on ferma longtemps les yeux sur la présence d'un enfant de seize ans. Ma jeunesse me servait de laissez-passer pour vivre avec Conrad au fond de cette propriété perdue où l'on m'avait confié aux bons soins de sa tante, vieille fille à peu près idiote qui représentait le côté russe de la famille, et à ceux du jardinier Michel, qui avait des instincts d'excellent chien de garde. Je me souviens de bains dans l'eau douce des lacs, ou dans l'eau saumâtre des estuaires à l'aurore, de nos empreintes de pieds identiques sur le sable, et bientôt détruites par la succion profonde de la mer ; de siestes dans le foin où nous discutions des problèmes du temps en mâchonnant indifféremment du tabac ou des brins d'herbe, sûrs de faire beaucoup mieux que nos aînés, et ne nous doutant pas que nous n'étions réservés que pour des catastrophes et des folies différentes. Je revois des parties de patinage, des après-midi d'hiver passés à ce curieux jeu de l'Ange, où l'on se jette dans la neige en agitant les bras, de façon à laisser sur le sol des traces d'ailes ; et de bonnes nuits de lourd sommeil dans la chambre d'honneur des fermes lettones, sous le meilleur édredon de duvet des paysannes qu'avaient tout à la fois attendries et effrayées, par ces temps de restrictions alimentaires, nos appétits de seize ans.

Les filles mêmes ne manquaient pas à cet Éden septentrional isolé en pleine guerre : Conrad se serait volontiers accroché à leurs jupons bariolés, si je n'avais traité ces engouements par le mépris ; et il était de ces gens scrupuleux et délicats que le mépris atteint au cœur, et qui doutent de leurs prédilections les plus chères, dès qu'ils les voient tourner en ridicule par une maîtresse ou un ami. Au moral, la différence entre Conrad et moi était absolue et subtile, comme celle du marbre et de l'albâtre. La mollesse de Conrad n'était pas qu'une question d'âge : il avait une de ces natures qui prennent et gardent tous les plis avec la souplesse caressante d'un beau velours. On l'imaginait très bien, à trente ans, petit hobereau abruti, courant les filles ou les garçons de ferme ; ou jeune officier de la Garde, élégant, timide et bon cavalier ; ou fonctionnaire docile sous le régime russe ; ou encore, l'après-guerre aidant, poète à la remorque de T.S. Eliot ou de Jean Cocteau dans les bars de Berlin. Les différences entre nous n'étaient d'ailleurs qu'au moral : au physique, nous étions pareils, élancés, durs, souples, avec le même ton de hâle et la même nuance d'yeux. Les cheveux de Conrad étaient d'un blond plus pâle, mais c'est sans importance. Dans les campagnes, les gens nous prenaient pour deux frères, ce qui arrangeait tout en présence de ceux qui n'ont pas le sens des amitiés ardentes ; quand nous protestions, mus par une passion de la vérité littérale, on consentait tout au plus à desserrer d'un cran cette parenté si vraisemblable, et on nous étiquetait cousins germains. S'il m'arrive de perdre une nuit qui aurait pu être consacrée au sommeil, au plaisir, ou tout simplement à la solitude, à causer sur la terrasse d'un café avec des intellectuels atteints de désespoir, je les étonne toujours en leur affirmant que j'ai connu le bonheur, le vrai, l'authentique, la pièce d'or inaltérable qu'on peut échanger contre une poignée de gros sous ou contre une liasse de marks d'après-guerre, mais qui n'en demeure pas moins semblable à elle-même, et qu'aucune dévaluation n'atteint. Le souvenir d'un tel état de choses guérit de la philosophie allemande ; il aide à simplifier la vie, et aussi son contraire. Et si ce bonheur émanait de Conrad, ou seulement de ma jeunesse, c'est ce qui importe peu, puisque ma jeunesse et Conrad sont morts ensemble. La dureté des temps et le tic affreux qui démontait le visage de la tante Prascovie n'empêchaient donc pas que Kratovicé ne fût une espèce de grand paradis calme, sans interdiction et sans serpent. Quant à la jeune fille, elle était mal coiffée, négligeable, se gorgeait de livres que lui prêtait un petit étudiant juif de Riga, et méprisait les garçons.

L'époque vint pourtant où je dus me faufiler à travers la frontière pour aller faire en Allemagne ma préparation militaire, sous peine de manquer à ce qu'il y avait tout de même de plus propre en moi. Je fis mon entraînement sous l'œil de

sergents affaiblis par la faim et les maux de
ventre, qui ne songeaient qu'à collectionner des
cartes de pain, entouré de camarades dont
quelques-uns étaient agréables, et qui préludaient
déjà au grand chahut d'après-guerre. Deux mois
de plus, et j'eusse été remplir une brèche ouverte
dans nos rangs par l'artillerie alliée, et je serais
peut-être à l'heure qu'il est paisiblement amal-
gamé à la terre française, aux vins de France, aux
mûres que vont cueillir les enfants français. Mais
j'arrivais juste à temps pour assister à la défaite
totale de nos armées, et à la victoire ratée de ceux
d'en face. Les beaux temps de l'armistice, de la
révolution et de l'inflation commençaient. J'étais
ruiné, bien entendu, et je partageais avec soixante
millions d'hommes un manque complet d'avenir.
C'était le bon âge pour mordre à l'hameçon
sentimental d'une doctrine de droite ou de gauche, mais je n'ai jamais pu gober cette vermine de
mots. Je vous ai dit que seuls les déterminants
humains agissent sur moi, dans la plus entière
absence de prétextes : mes décisions ont toujours
été tel visage, tel corps. La chaudière russe en voie
d'éclatement répandait sur l'Europe une fumée
d'idées qui passaient pour neuves; Kratovicé
abritait un état-major de l'armée rouge; les
communications entre l'Allemagne et les pays
baltes devenaient précaires, et Conrad d'ailleurs
appartenait au type qui n'écrit pas. Je me croyais
adulte : c'était ma seule illusion de jeune homme,
et en tout cas, comparé aux adolescents et à la

vieille folle de Kratovicé, il va de soi que je représentais l'expérience et l'âge mûr. Je m'éveillais à un sens tout familial des responsabilités, au point d'étendre même ce souci de protection à la jeune fille et à la tante.

En dépit de ses préférences pacifistes, ma mère approuva mon engagement dans le corps de volontaires du général baron von Wirtz qui participait à la lutte antibolchevique en Estonie et en Courlande. La pauvre femme avait dans ce pays des propriétés menacées par les contrecoups de la révolution bolchevique, et leurs revenus de plus en plus incertains étaient sa seule garantie contre le sort de repasseuse ou de femme de chambre d'hôtel. Ceci dit, il n'en est pas moins vrai que le communisme à l'Est et l'inflation en Allemagne venaient à point pour lui permettre de dissimuler à ses amies que nous étions ruinés bien avant que le Kaiser, la Russie ou la France entraînassent l'Europe dans la guerre. Mieux valait passer pour la victime d'une catastrophe que pour la veuve d'un homme qui s'était laissé gruger à Paris chez les filles, et à Monte-Carlo chez les croupiers.

J'avais des amis en Courlande ; je connaissais le pays, je parlais la langue, et même quelques dialectes locaux. Malgré tous mes efforts pour atteindre au plus vite Kratovicé, je mis cependant trois mois à franchir les quelque cent kilomètres qui le séparaient de Riga. Trois mois d'été humide et ouaté de brouillard, bourdonnant des offres de marchands juifs venus de New York pour acheter dans de bonnes conditions leurs bijoux aux émigrés russes. Trois mois de discipline encore stricte, de potins d'état-major, d'opérations militaires sans suite, de fumée de tabac, et d'inquiétude sourde ou lancinante comme une rage de dents. Au début de la dixième semaine, pâle et ravi comme Oreste dès le premier vers d'une tragédie de Racine, je vis reparaître un Conrad bien pris dans un uniforme qui avait dû coûter l'un des derniers diamants de la tante, et marqué à la lèvre d'une petite cicatrice qui lui donnait l'air de mâchonner distraitement des violettes. Il avait gardé une innocence d'enfant, une douceur de jeune fille, et cette bravoure de somnambule qu'il mettait autrefois à grimper sur le dos d'un taureau ou d'une vague ; et ses soirées se passaient à commettre de mauvais vers dans le goût de Rilke. Du premier coup d'œil, je reconnus que sa vie s'était arrêtée en mon absence ; il me fut plus dur d'avoir à admettre, en dépit des apparences, qu'il en allait de même pour moi. Loin de Conrad, j'avais vécu comme on voyage. Tout en lui m'inspirait une confiance absolue dont il ne m'a jamais été possible par la suite de créditer quelqu'un d'autre. A son côté, l'esprit et le corps ne pouvaient être qu'en repos, rassurés par tant de simplicité et de franchise, et libres par là même de vaquer au reste avec le maximum d'efficacité. C'était l'idéal compagnon de guerre, comme ç'avait été l'idéal compagnon d'enfance.

L'amitié est avant tout certitude, c'est ce qui la distingue de l'amour. Elle est aussi respect, et acceptation totale d'un autre être. Que mon ami m'ait remboursé jusqu'au dernier sou les sommes d'estime et de confiance que j'avais inscrites sous son nom, c'est ce qu'il m'a prouvé par sa mort. Les dons variés de Conrad lui eussent permis mieux qu'à moi de se tirer d'affaire dans des paysages moins désolés que la révolution ou la guerre ; ses vers auraient plu ; sa beauté aussi ; il aurait pu triompher à Paris chez des femmes qui protègent les arts, ou s'égarer à Berlin dans les milieux qui y participent. Dans cet imbroglio balte, où toutes les chances étaient du côté sinistre, je ne m'étais somme toute engagé que pour lui ; il fut bientôt clair qu'il ne s'y attardait que pour moi. J'appris par lui que Kratovicé avait subi une occupation rouge de courte durée, et singulièrement inoffensive, grâce peut-être à la présence du petit Juif Grigori Loew, maintenant travesti en lieutenant de l'armée bolchevique, et qui jadis, commis dans une librairie de Riga, conseillait obséquieusement Sophie dans ses lectures. Depuis lors, le château repris par nos troupes restait situé en pleine zone des combats, exposé aux surprises et aux attaques à la mitrailleuse. Pendant la dernière alerte, les femmes s'étaient réfugiées à la cave d'où Sonia — on avait le mauvais goût de l'appeler ainsi — avait insisté pour sortir, avec le courage de la folie, afin d'aller promener son chien.

La présence de nos troupes au château m'inquiétait presque autant que le voisinage des Rouges, et devait fatalement drainer les dernières ressources de mon ami. Je commençais à connaître les dessous de la guerre civile dans une armée en dissolution : les malins se constitueraient évidemment des quartiers d'hiver dans des localités qui offraient l'appât d'une provision de vins et de filles à peu près intacte. Ce n'était ni la guerre, ni la révolution, mais ses sauveurs qui ruinaient le pays. De ceci, je me souciais peu, mais Kratovicé m'importait. Je fis valoir que mes connaissances de la topographie et des ressources du district pouvaient être mises à profit. Après des tergiversations sans fin, on finit par s'apercevoir de ce qui crevait les yeux, et je dus à la complicité des uns, à l'intelligence des autres, l'ordre d'aller réorganiser les brigades de volontaires dans la section Sud-Est du pays. Piteux mandat, dont nous prîmes possession, Conrad et moi, dans un état plus piteux encore, crottés jusqu'aux os, et méconnaissables au point de faire donner de la voix aux chiens de Kratovicé, où nous n'arrivâmes qu'à la fin de la plus épaisse des nuits noires. Pour prouver sans doute mes connaissances en topographie, nous avions pataugé jusqu'à l'aube dans les marécages, à deux pas des avant-postes rouges. Nos frères d'armes se levaient de table — ils y étaient encore — et nous firent généreusement endosser deux robes de chambre qui avaient appartenu à Conrad dans des temps meilleurs, et que nous retrouvions agrémentées de taches et de trous brûlés par la braise des cigares. Tant d'émotions avaient aggravé le tic de la tante Prascovie : ses grimaces auraient mis en désordre une armée ennemie. Quant à Sophie, elle avait perdu la bouffissure de l'adolescence ; elle était belle ; la mode des cheveux courts lui seyait. Sa figure maussade était marquée d'un pli amer au coin des lèvres ; elle ne lisait plus, mais ses soirées se passaient à tisonner rageusement le feu du salon, avec les soupirs d'ennui d'une héroïne ibsénienne dégoûtée de tout.

Mais j'anticipe, et mieux vaudrait décrire exactement cette minute du retour, cette porte ouverte par Michel affublé d'une livrée par-dessus son pantalon de soldat, cette lanterne d'écurie soulevée à bout de bras dans ce vestibule où l'on n'allumait plus les lustres. Les parois de marbre blanc avaient toujours cet aspect glacial qui faisait penser à une décoration murale Louis XV taillée à même la neige dans un logis esquimau. Comment oublier l'expression de douceur attendrie et de dégoût profond sur le visage de Conrad à son retour dans cette maison juste assez intacte pour que chaque petite détérioration lui fît l'effet d'un outrage, depuis la grande étoile irrégulière d'un coup de feu sur le miroir de l'escalier d'honneur jusqu'aux marques de doigts à la poignée des portes ? Les deux femmes vivaient à peu près claquemurées dans un boudoir au premier étage ; le bruit clair de la voix de Conrad les

décida à s'aventurer sur le seuil ; je vis apparaître
au haut des marches une tête ébouriffée et blonde.
Sophie se coula le long de la rampe d'une seule
glissade, suivie du chien qui lui jappait aux
talons. Elle se jeta au cou de son frère, puis au
mien, avec des rires et des bonds de joie :

— C'est toi ? C'est vous ?

— Présent, dit Conrad. Mais non, c'est le
prince de Trébizonde !

Et il s'empara de sa sœur pour lui faire faire un
tour de valse dans le vestibule. Lâchée presque
aussitôt par son danseur, qui se précipitait les
mains tendues vers un camarade, elle s'arrêta
devant moi, rouge comme à la fin d'un bal :

— Éric ! Comme vous avez changé !

— N'est-ce pas ? fis-je. Mé-con-nais-sa-ble.

— Non, dit-elle en secouant la tête.

— A la santé du frère prodigue ! s'écriait le
petit Franz von Aland debout sur le seuil de la
salle à manger, tenant en main un verre d'eau-de-
vie avec lequel il se mit à poursuivre la jeune fille.
Voyons, Sophie, rien qu'une larme !

— Vous vous payez ma tête, vous ? dit l'adolescente avec une grimace moqueuse, et, fonçant
brusquement sous le bras tendu du jeune officier,
elle disparut dans l'entrebâillement de la porte
vitrée qui menait à l'office, et cria :

— Je vais vous faire donner à manger !

Pendant ce temps, la tante Prascovie, accoudée
à la rampe du premier étage, et se barbouillant
doucement la figure de larmes, remerciait tous les

saints orthodoxes d'avoir exaucé pour nous ses prières, et roucoulait comme une vieille tourterelle malade. Sa chambre, puant la cire et la mort, regorgeait d'icônes noircies par la fumée des cierges, et il y en avait une, très ancienne, dont les paupières d'argent avaient contenu deux émeraudes. Pendant la brève occupation bolchevique, un soldat avait fait sauter les pierres précieuses, et la tante Prascovie priait maintenant devant cette protectrice aveugle. Au bout d'un instant, Michel remontait du sous-sol avec un plat de poisson fumé. Conrad appela vainement sa sœur, et Franz von Aland nous assura en haussant les épaules qu'elle ne reparaîtrait pas de la soirée. Nous dînâmes sans elle.

Je la revis dès le lendemain chez son frère ; chaque fois, elle trouva moyen de s'éclipser avec une souplesse de jeune chatte redevenue sauvage. Pourtant, dans le premier émoi du retour, elle m'avait embrassé à pleines lèvres, et je ne pouvais m'empêcher de songer avec une certaine mélancolie que c'était là mon premier baiser de jeune fille, et que mon père ne m'avait pas donné de sœur. Dans la mesure du possible, il est bien entendu que j'adoptai Sophie. La vie de château suivait son cours dans les intervalles de la guerre, réduite pour tout personnel à une vieille bonne et au jardinier Michel, encombrée par la présence de quelques officiers russes évadés de Kronstadt, comme par les invités d'une ennuyeuse partie de chasse qui n'en finirait pas. Deux ou trois fois, réveillés par des coups de feu lointains, nous avons trompé la longueur de ces nuits interminables en jouant tous trois aux cartes avec un mort, et sur ce mort hypothétique du bridge, nous pouvions presque toujours mettre un nom, un prénom, celui d'un de nos hommes fraîchement tué par une balle ennemie. La maussaderie de Sophie fondait par places, sans rien lui ôter de sa grâce hagarde et farouche, comme ces pays qui gardent une âpreté hivernale même au retour du printemps. L'éclairage prudent et concentré d'une lampe transformait en rayonnement la pâleur de son visage et de ses mains. Sophie avait tout juste mon âge, ce qui aurait dû m'avertir, mais en dépit de la plénitude de son corps, j'étais surtout frappé par son aspect d'adolescence blessée. Il était évident que seules deux années de guerre n'avaient pas suffi pour modifier chaque trait de cette figure dans le sens de l'entêtement et du tragique. Et certes, à l'âge des bals blancs, elle avait dû subir les dangers de coups de feu, l'horreur des récits de viols et de supplices, la faim parfois, l'angoisse toujours, l'assassinat de ses cousins de Riga collés au mur de leur maison par une escouade rouge, et l'effort qu'elle avait fourni pour s'accoutumer à des spectacles si différents de ses rêves de jeune fille avait pu suffire à lui élargir douloureusement les yeux. Mais, ou je me trompe fort, ou Sophie n'était pas tendre : elle n'était qu'infiniment généreuse de cœur ; on confond souvent les symptômes de ces deux maladies

voisines. Je sentais qu'il s'était passé pour elle
quelque chose de plus essentiel que le bouleverse
ment de son pays et du monde, et je commençais
enfin à comprendre ce qu'avaient dû être ces mois
de promiscuité avec des hommes mis hors d'eux-
mêmes par l'alcool et la surexcitation continuelle
du danger. Des brutes, qui deux ans plus tôt
n'auraient été pour elle que des valseurs, lui
avaient trop vite enseigné la réalité cachée sous
les propos d'amour. Que de coups frappés la nuit
à la porte de sa chambre de jeune fille, que de
bras serrant la taille, et dont il avait fallu se
dégager violemment, au risque de froisser la
pauvre robe déjà élimée, et les jeunes seins...
J'avais devant moi une enfant outragée par le
soupçon même du désir; et toute la part de moi-
même par laquelle je me différencie le plus des
banals coureurs d'aventures, pour qui toutes les
aubaines féminines sont bonnes, ne pouvait
qu'approuver trop pleinement le désespoir de
Sonia. Enfin, un matin, dans le parc où Michel
dépiquait des pommes de terre, j'appris le secret
connu de tous, que nos camarades pourtant ont
eu l'élégance de taire jusqu'au bout, de sorte que
Conrad ne l'a jamais su. Sophie avait été violée
par un sergent lithuanien, blessé depuis, et évacué
sur l'arrière. L'homme était ivre, et il était venu le
lendemain s'agenouiller dans la grande salle
devant trente personnes et pleurnicher en demandant pardon; et cette scène avait dû être pour
l'enfant plus écœurante encore que le mauvais

quart d'heure de la veille. Pendant des semaines,
l'adolescente avait vécu avec ce souvenir, et la
phobie d'une grossesse possible. Si grande qu'ait
pu être par la suite mon intimité avec Sophie, je
n'ai jamais eu le courage de faire allusion à ce
malheur : c'était entre nous un sujet toujours
écarté et toujours présent.

Et cependant, chose étrange, ce récit me rapprocha d'elle. Parfaitement innocente ou parfaitement gardée, Sophie ne m'eût inspiré que les
sentiments de vague ennui et de gêne secrète que
m'avaient fait éprouver à Berlin les filles des
amies de ma mère ; souillée, son expérience
avoisinait la mienne, et l'épisode du sergent
équilibrait bizarrement pour moi le souvenir
unique et odieux d'une maison de femmes à
Bruxelles. Puis, distraite par de pires souffrances,
elle parut oublier tout à fait cet incident sur lequel
ma pensée revenait sans cesse, et une diversion si
profonde est peut-être ma seule excuse pour les
tourments que je lui ai causés. Ma présence et
celle de son frère lui rendaient peu à peu son rang
de maîtresse de maison à Kratovicé, qu'elle avait
perdu au point de n'être plus chez elle qu'une
prisonnière épouvantée. Elle consentit à présider
aux repas avec une espèce de crânerie attendris-
sante ; les officiers lui baisaient la main. Pour un
court moment, ses yeux reprirent leur candide
éclat qui n'était que le rayonnement d'une âme
royale. Ensuite, ces yeux qui disaient tout se
troublèrent de nouveau, et je ne les ai plus vus

briller avec une limpidité admirable qu'une seule
fois, dans des circonstances dont le souvenir ne
m'est que trop présent.

Pourquoi les femmes s'éprennent-elles justement des hommes qui ne leur sont pas destinés,
ne leur laissant ainsi que le choix de se dénaturer
ou de les haïr ? Le lendemain de mon retour à
Kratovicé, les profondes rougeurs de Sophie, ses
disparitions soudaines, ce regard de biais qui
convenait si mal à sa droiture, me firent croire au
trouble tout naturel d'une jeune fille naïvement
attirée par un nouveau venu. Plus tard, averti de
sa mésaventure, j'appris à interpréter moins
incorrectement ces symptômes d'humiliation
mortelle qui se produisaient aussi er présence de
son frère. Mais j'ai continué ensuite à me contenter trop longtemps de cette seconde explication,
qui avait été juste, et tout Kratovicé parlait avec
attendrissement ou avec gaieté de la passion de
Sophie pour moi, que j'en restais encore au mythe
de la jeune fille épouvantée. Je mis des semaines à
m'apercevoir que ces joues tantôt plus pâles,
tantôt plus roses, ce visage et ces mains à la fois
tremblants et maîtrisés, et ces silences, et ce flux
de paroles précipitées, signifiaient autre chose que
la honte, et même davantage que le désir. Je ne
suis pas fat : c'est assez facile à un homme qui
méprise les femmes, et qui, comme pour se
confirmer dans l'opinion qu'il a d'elles, a choisi de
ne fréquenter que les pires. Tout me prédisposai:
à me méprendre sur Sophie, et d'autant plus que

sa voix douce et rude, ses cheveux tondus, ses petites blouses, ses gros souliers toujours encroûtés de boue faisaient d'elle à mes yeux le frère de son frère. J'y fus trompé, puis je reconnus mon erreur, jusqu'au jour enfin où je découvris dans cette même erreur la seule part de vérité substantielle à quoi j'ai mordu de ma vie. En attendant, et brochant sur le tout, j'avais pour Sophie la camaraderie facile qu'un homme a pour les garçons quand il ne les aime pas. Cette position si fausse était d'autant plus dangereuse que Sophie, née la même semaine que moi, vouée aux mêmes astres, était loin d'être ma cadette, mais mon aînée en malheur. A partir d'un certain moment, ce fut elle qui mena le jeu; et elle joua d'autant plus serré qu'elle misait sa vie. De plus, mon attention était forcément divisée; la sienne entière. Il y avait pour moi Conrad, et la guerre, et quelques ambitions débarquées depuis. Il n'y eut bientôt plus pour elle que moi seul, comme si toute l'humanité autour de nous s'était muée en accessoires de tragédie. Elle aidait la servante dans les travaux de la cuisine et de la basse-cour, pour que je mangeasse à ma faim, et quand elle prit des amants, ce fut pour m'exaspérer. J'étais fatalement destiné à perdre, même si ce n'était pas dans le sens de sa joie, et je n'eus pas trop de toute mon inertie pour résister au poids d'un être qui s'abandonnait tout entier sur sa pente.

Contrairement à la plupart des hommes un peu réfléchis, je n'ai pas plus l'habitude du mépris de

soi que de l'amour-propre; je sens trop que
chaque acte est complet, nécessaire et inévitable,
bien qu'imprévu à la minute qui précède, et
dépassé à la minute qui suit. Pris dans une série
de décisions toutes définitives, pas plus qu'un
animal, je n'avais eu le temps d'être un problème
à mes propres yeux. Mais si l'adolescence est une
époque d'inadaptation à l'ordre naturel des
choses, j'étais certes resté plus adolescent, plus
inadapté que je ne le croyais, car la découverte de
ce simple amour de Sophie provoqua en moi une
stupeur qui allait jusqu'au scandale. Dans les
circonstances où je me trouvais, être surpris, c'est
être en danger, et être en danger, c'est bondir.
J'aurais dû haïr Sophie; elle ne s'est jamais
doutée du mérite qu'il y avait de ma part à n'en
rien faire. Mais tout amoureux dédaigné garde le
bénéfice d'un chantage assez bas sur notre
orgueil : la complaisance qu'on a pour soi et
l'émerveillement de se voir enfin jugé comme on
espérait toujours l'être conspirent à ce résultat, et
l'on se résigne à jouer le rôle de Dieu. Je dois dire
aussi que l'infatuation de Sophie était moins
insensée qu'il ne semble : après tant de malheurs,
elle retrouvait enfin un homme de son milieu et de
son enfance, et tous les romans qu'elle avait lus
entre douze et dix-huit ans lui enseignaient que
l'amitié pour le frère s'achève en amour pour la
sœur. Ce calcul obscur de l'instinct était juste,
puisqu'on ne pouvait lui reprocher de ne pas tenir
compte d'une singularité imprévisible. Passable-

ment né, assez beau, suffisamment jeune pour
autoriser toutes les espérances, j'étais fait pour
rassembler les aspirations d'une petite fille
séquestrée jusqu'ici entre quelques brutes négli-
geables et le plus séduisant des frères, mais que la
nature semblait n'avoir douée d'aucunes velléités
pour l'inceste. Et pour que l'inceste même ne fît
pas défaut, la magie des souvenirs me transformait en frère aîné. Impossible de ne pas jouer
quand on a toutes les cartes en main : je ne
pouvais que passer un tour, et c'est jouer encore.
Bien vite, il s'établit entre Sophie et moi une
intimité de victime à bourreau. La cruauté n'était
pas de moi ; les circonstances s'en chargeaient ; il
n'est pas certain que je n'y prisse pas plaisir.
L'aveuglement des frères vaut celui des maris, car
Conrad ne se doutait de rien. C'était une de ces
natures pétries de songes qui, par le plus heureux
des instincts, négligent tout le côté irritant et
faussé de la réalité, et retombent de tout leur
poids sur l'évidence des nuits, sur la simplicité des
jours. Sûr d'un cœur fraternel dont il n'avait pas à
explorer les recoins, il dormait, lisait, risquait sa
vie, assumait la permanence télégraphique, et
griffonnait des vers qui continuaient à n'être que
le fade reflet d'une âme charmante. Pendant des
semaines, Sophie passa par toutes les affres des
amoureuses qui se croient incomprises, et s'exas-
pèrent de l'être ; puis, irritée par ce qu'elle prenait
pour ma bêtise, elle se lassa d'une situation qui ne
plaît qu'aux imaginations romanesques, et, roma-

ᵖesque elle ne l'était pas plus qu'un couteau.
J'eus des aveux qui se croyaient complets, et qui
étaient sublimes de sous-entendus.

— Comme on est bien ici! disait-elle en s'ins-
tallant avec moi dans une des cahutes du parc,
pendant l'un des courts moments de tête-à-tête
que nous parvenions à nous procurer, à l'aide de
ruses qui n'appartiennent d'ordinaire qu'aux
amants; et elle éparpillait d'un coup sec autour
d'elle les cendres de sa courte pipe de paysanne.

— Oui, on est bien, répétai-je, grisé par cette
tendresse toute récente comme par l'introduction
d'un nouveau thème musical dans ma vie, et
j'effleurai gauchement ces bras fermes posés
devant moi sur la table du jardin, un peu à la
façon dont j'aurais flatté un beau chien ou un
cheval qu'on m'aurait donné.

— Vous avez confiance?

— Le jour n'est pas plus pur que le fond de
votre cœur, chère amie.

— Éric, — et elle appuyait lourdement son
menton sur ses mains croisées, — j'aime mieux
vous dire tout de suite que je suis devenue
amoureuse de vous... Quand vous voudrez, vous
comprenez? Et même si ce n'est pas sérieux...

— Avec vous, c'est toujours sérieux, Sophie.

— Non, dit-elle, vous ne me croyez pas.

Et, rejetant en arrière sa tête boudeuse avec un
mouvement de défi qui était plus doux que toutes
les caresses :

6

— Il ne faut pourtant pas vous figurer que je sois si bonne pour tout le monde.

Nous étions tous les deux trop jeunes pour être tout à fait simples, mais il y avait chez Sophie une droiture déconcertante qui multipliait les chances d'erreur. Une table de sapin qui sentait la résine me séparait de cet être qui s'offrait sans détour, et je continuais à tracer à l'encre sur une carte d'état-major élimée un pointillé de moins en moins sûr. Comme pour éviter jusqu'au soupçon de se chercher en moi des complices, Sophie avait choisi sa plus vieille robe, son visage sans fard, deux escabeaux de bois, et le voisinage de Michel qui fendait des bûches dans la cour. A cet instant où elle croyait atteindre au comble de l'impudeur, cette ingénuité eût ravi toutes les mères. Une telle candeur passait d'ailleurs en habileté la pire des ruses : si j'eusse aimé Sophie, c'eût été pour ce coup droit assené par un être en qui je me plaisais à reconnaître le contraire d'une femme. Je battis en retraite à l'aide des premiers prétextes venus, trouvant pour la première fois une saveur ignoble à la vérité. Entendons-nous : ce que la vérité avait d'ignoble, c'est précisément qu'elle m'obligeait de mentir à Sonia. A partir de ce moment, la sagesse eût été d'éviter la jeune fille, mais outre que la fuite n'était pas très facile dans notre vie d'assiégés, je fus bientôt incapable de me passer de cet alcool dont j'entendais bien ne pas me griser. J'admets qu'une telle complaisance envers soi-même mérite des coups de pied, mais l'amour de

Sophie m'avait inspiré mes premiers doutes sur la légitimité de mes vues sur la vie ; son don complet de soi me raffermissait au contraire dans ma dignité ou ma vanité d'homme. Le comique de la chose était que c'est justement mes qualités de froideur et de refus qui m'avaient fait aimer : elle m'eût repoussé avec horreur, si elle avait aperçu dans mes yeux, à nos premières rencontres, cette lueur que maintenant elle mourait de n'y pas voir. Par un retour sur soi-même toujours facile aux natures probes, elle se crut perdue par l'audace de son propre aveu : c'était ne pas se douter que l'orgueil a sa reconnaissance comme la chair. Sautant à l'autre extrême, elle prit désormais le parti de la contrainte, comme une femme d'autrefois serrant héroïquement les lacets de son corset. Je n'eus plus devant moi qu'un visage aux muscles tendus, qui se crispait pour ne pas trembler. Elle atteignait d'emblée à la beauté des acrobates, des martyres. L'enfant s'était haussée d'un tour de reins jusqu'à la plate-forme étroite de l'amour sans espoir, sans réserves et sans questions : il était certain qu'elle ne s'y maintiendrait pas longtemps. Rien ne m'émeut comme le courage : un si total sacrifice méritait de ma part la confiance la plus entière. Elle n'a jamais cru que je la lui eusse accordée, ne se doutant pas jusqu'où allait ma méfiance à l'égard d'autres êtres. En dépit des apparences, je ne regrette pas de m'être livré à Sophie autant qu'il était en moi de le faire : j'avais reconnu du premier coup d'œil en elle une nature inaltérable, avec laquelle on pouvait conclure un pacte précisément aussi périlleux et aussi sûr qu'avec un élément : on peut se fier au feu, à condition de savoir que sa loi est de mourir ou de brûler.

J'espère que notre vie côte à côte a laissé en Sophie quelques souvenirs aussi beaux que les miens : peu importe, d'ailleurs, puisqu'elle n'a pas assez vécu pour thésauriser son passé. La neige fit son apparition dès la Saint-Michel ; le dégel survint, suivi de nouvelles chutes de neige. La nuit, tous feux éteints, le château ressemblait à un navire abandonné pris dans une banquise. Conrad travaillait seul dans la tour ; je concentrais mon attention sur les dépêches qui jonchaient ma table ; Sophie entrait dans ma chambre en tâtonnant avec des précautions d'aveugle. Elle s'asseyait sur le lit, balançait ses jambes aux chevilles emmitouflées dans d'épaisses chaussettes de laine. Bien qu'elle dût se reprocher comme un crime de manquer aux conditions de notre accord, Sophie n'était pas plus capable de n'être pas femme que les roses le sont de n'être pas des roses. Tout en elle criait un désir auquel l'âme était encore mille fois plus intéressée que la chair. Les heures se traînaient ; la conversation languissait ou tournait aux injures ; Sophie inventait des prétextes pour ne pas quitter ma chambre ; seule avec moi, elle cherchait sans le vouloir ces occasions qui sont le viol des femmes. Si irrité que j'en fusse, j'aimais cette espèce d'escrime épuisante où mon visage portait une grille, et où le sien était nu. La chambre froide et suffocante, salie par l'odeur d'un poêle avare, se transformait en salle de gymnastique où un jeune homme et une jeune fille perpétuellement sur leurs gardes se surexcitaient à lutter jusqu'à l'aube. Les premières lueurs du jour nous ramenaient Conrad, fatigué et content comme un enfant qui sort de l'école. Des camarades prêts à partir avec moi aux avant-postes passaient la tête par la porte entrouverte, demandaient à boire avec nous la première eau-de-vie de la journée. Conrad s'asseyait près de Sophie pour lui enseigner à siffler, au milieu des rires fous, quelques mesures d'une chanson anglaise, et il attribuait à l'alcool le simple fait que ses mains tremblaient.

Je me suis souvent dit que Sophie avait peut-être accueilli mon premier refus avec un soulagement secret, et qu'il y avait dans son offre une bonne part de sacrifice. Elle était encore assez près de son unique mauvais souvenir pour apporter à l'amour physique plus d'audace, mais aussi plus de craintes que les autres femmes. De plus, ma Sophie était timide : c'est ce qui expliquait ses accès de courage. Elle était trop jeune pour se douter que l'existence n'est pas faite d'élans subits et de constance obstinée, mais de compromissions et d'oublis. A ce point de vue, elle serait toujours restée trop jeune, même si elle était morte à soixante ans. Mais Sophie dépassa bientôt la période où le don de soi demeure un acte de volonté passionné, pour arriver à l'état où il est aussi naturel de se donner que de respirer pour vivre. Je fus dorénavant la réponse qu'elle se faisait à soi-même, et ses malheurs précédents lui parurent suffisamment expliqués par mon absence. Elle avait souffert parce que l'amour ne s'était pas encore levé sur le paysage de sa vie, et ce manque de lumière ajoutait à la rudesse des mauvais chemins où le hasard des temps l'avait fait marcher. Maintenant qu'elle aimait, elle enlevait une à une ses dernières hésitations, avec la simplicité d'un voyageur transi qui ôte au soleil ses vêtements trempés, et se tenait devant moi nue comme aucune femme ne l'a jamais été. Et peut-être, ayant affreusement épuisé d'un seul coup toutes ses terreurs et ses résistances contre l'homme, ne pouvait-elle plus offrir désormais à son premier amour que cette douceur ravissante d'un fruit qui se propose également à la bouche et au couteau. Une telle passion consent à tout, et se contente de peu : il me suffisait d'entrer dans une chambre où elle se trouvait, pour que le visage de Sophie prît immédiatement cette expression reposée qu'on a dans un lit. Quand je la touchais, j'avais l'impression que tout le sang au-dedans de ses veines se changeait en miel. Le meilleur miel fermente à la longue : je ne me doutais pas que j'allais payer au centuple pour chacune de mes fautes, et que la résignation avec laquelle Sophie les avait acceptées me serait comptée à part. L'amour avait mis Sophie entre mes mains comme un gant d'un tissu à la fois souple et fort ; quand je la quittais, il m'arrivait des demi-heures plus tard de la retrouver à la même place, comme un objet abandonné. J'eus pour elle des insolences et des douceurs alternées, qui toutes tendirent au même but, qui était de la faire aimer et souffrir davantage, et la vanité me compromit envers elle comme le désir l'eût fait. Plus tard, lorsqu'elle commença à compter pour moi, je supprimai les douceurs. J'étais sûr que Sophie n'avouerait à personne ses souffrances, mais je m'étonne qu'elle n'ait pas pris Conrad comme confident de nos rares joies. Il devait déjà y avoir entre nous une complicité tacite, puisque nous nous accordions à traiter Conrad en enfant.

On parle toujours comme si les tragédies se passaient dans le vide : elles sont pourtant conditionnées par leur décor. Notre part de bonheur ou de malheur à Kratovicé avait pour cadre ces corridors aux fenêtres bouchées où l'on butait sans cesse, ce salon d'où les Bolcheviks n'avaient emporté qu'une panoplie d'armes chinoises, et où un portrait de femme troué d'un coup de baïonnette nous regardait du haut d'un trumeau, comme amusé par cette aventure ; le temps y jouait son rôle par l'offensive impatiemment attendue et par la chance perpétuelle de mourir. Les avantages que les autres femmes obtiennent de leur table de toilette, des conciliabules avec le coiffeur et la couturière, de tous les jeux de miroirs d'une vie malgré tout différente de celle de l'homme, et souvent merveilleusement protégée, Sophie les devait aux promiscuités gênantes d'une maison changée en caserne, à ses dessous de laine rose qu'elle était bien forcée de repriser devant nous sous la lampe, à nos chemises qu'elle lavait à l'aide d'un savon fabriqué sur place, et qui lui crevassait les mains. Ces frottements continuels d'une existence sur le qui-vive nous laissaient à la fois écorchés et durcis. Je me souviens du soir où Sophie se chargea d'égorger et de plumer pour nous quelques poulets étiques : je n'ai jamais vu sur un visage aussi résolu pareille absence de cruauté. Je soufflai un à un les quelques duvets pris dans sa chevelure ; une fade odeur de sang montait de ses mains. Elle rentrait de ces besognes accablée par le poids de ses bottes de neige, jetait n'importe où sa pelisse humide, refusait de manger, ou s'attaquait goulûment à d'affreuses crêpes qu'elle s'obstinait à nous préparer avec de la farine gâtée. A ce régime, elle maigrissait.

Son zèle s'étendait à nous tous, mais un sourire suffisait à m'apprendre qu'elle ne servait pourtant que moi seul. Elle devait être bonne, car elle ratait sans cesse des occasions de me faire souffrir. Aux prises avec un échec que les femmes ne pardonnent pas, elle fit ce que font les cœurs bien placés réduits au désespoir : elle chercha pour s'en souffleter les pires explications de soi-même ; elle se jugea comme la tante Prascovie l'eût fait, si la tante Prascovie avait été capable de le faire. Elle se crut indigne : une telle innocence eût mérité qu'on se mît à genoux. Pas un instant d'ailleurs, elle ne songea à révoquer ce don de soi-même, pour elle aussi définitif que si je l'avais accepté. C'était un trait de cette nature altière : elle ne reprenait pas l'aumône refusée par un pauvre. Qu'elle me méprisât, j'en suis sûr, et je l'espère pour elle, mais tout le mépris du monde n'empêchait pas que, dans un élan d'amour, elle ne m'eût baisé les mains. J'épiais avec avidité un mouvement de colère, un reproche mérité, n'importe quel acte qui eût été pour elle l'équivalent d'un sacrilège, mais elle se tint sans cesse au niveau de ce que je demandais à son absurde amour. De sa part, un manque de goût du cœur m'eût à la fois rassuré et déçu. Elle m'accompagnait dans mes reconnaissances à travers le parc : ce devaient être pour elle des promenades de damnés. J'aimais la pluie froide sur nos nuques, ses cheveux plaqués comme les miens, la toux qu'elle étouffait dans le creux de sa paume, ses doigts tourmentant un roseau le long de l'étang lisse et désert où flottait ce jour-là un cadavre ennemi. Brusquement, elle s'adossait à un arbre, et, pendant un quart d'heure, je la laissais me parler d'amour. Un soir, trempés jusqu'aux os, nous dûmes nous réfugier dans les ruines du pavillon de chasse ; nous enlevâmes nos vêtements, coude à coude dans l'étroite chambre encore munie d'un toit : je mettais une espèce de bravade à traiter cette adversaire en ami. Enveloppée d'une couverture de cheval, elle fit sécher

devant le feu qu'elle venait d'allumer mon uniforme et sa robe de laine. Au retour, nous dûmes
plusieurs fois nous planquer pour éviter les balles ; je la prenais par la taille, comme un amant,
pour la coucher de force à côté de moi dans un
fossé, par un mouvement qui prouvait tout de
même que je ne souhaitais pas qu'elle meure. Au
milieu de tant de tourments, je m'irritais de voir
sans cesse monter dans ses yeux une espérance
admirable : il y avait en elle cette certitude de leur
dû que les femmes gardent jusqu'au martyre. Un
si pathétique manque de désespoir donne raison à
la théorie catholique, qui place les âmes à peu
près innocentes au Purgatoire, sans les précipiter
en Enfer. De nous deux, c'est elle qu'on eût
plainte ; elle avait la meilleure part.

Cette effroyable solitude d'un être qui aime,
elle l'aggravait en pensant autrement que nous
tous. Sophie cachait à peine ses sympathies pour
les Rouges : pour un cœur comme le sien, l'élégance suprême était évidemment de donner raison à l'ennemi. Habituée à penser contre soi, elle
mettait peut-être la même générosité à justifier
l'adversaire qu'à m'absoudre. Ces tendances de
Sophie dataient de l'époque de l'adolescence ;
Conrad les eût partagées, s'il n'avait toujours
adopté d'emblée mes vues sur la vie. Ce mois
d'octobre fut l'un des plus désastreux de la guerre
civile : à peu près complètement abandonnés par
von Wirtz, qui se cantonnait strictement à l'intérieur des provinces baltes, nous tenions dans le

bureau du régisseur de Kratovicé des conciliabules de naufragés. Sophie assistait à ces séances, le
dos appuyé au chambranle de la porte ; elle luttait
sans doute pour maintenir une sorte d'équilibre
entre des convictions qui étaient après tout son
seul bien personnel, et la camaraderie dont elle ne
se sentait pas dégagée envers nous. Elle a dû
souhaiter plus d'une fois qu'une bombe vienne
mettre fin à nos palabres d'état-major, et son vœu
a été souvent bien près de s'accomplir. Elle était
d'ailleurs si peu tendre qu'elle vit des prisonniers
rouges fusillés sous ses fenêtres sans un seul mot
de protestation. Je sentais que chacune des résolutions passées en sa présence provoquait chez
elle une explosion intérieure de haine ; dans les
détails d'ordre pratique, au contraire, elle donnait
son avis avec un bon sens de paysanne. Seul à
seule, nous discutions des suites de cette guerre et
de l'avenir du marxisme avec une violence où il
entrait de part et d'autre un besoin d'alibi ; elle ne
me cachait pas ses préférences ; c'était la seule
chose que la passion n'eût pas entamée en elle.
Curieux de voir jusqu'où irait chez Sophie une
bassesse qui était sublime, parce qu'elle était
amoureuse, j'ai essayé plus d'une fois de mettre la
jeune fille en contradiction avec ses principes, ou
plutôt avec les idées que lui avait inculquées
Loew. J'y parvenais moins aisément qu'on n'aurait
pu le croire ; elle éclatait en protestations indi-
gnées. Il y avait en elle un étrange besoin de haïr
tout ce qui était moi, sauf moi-même. Mais sa

confiance en moi n'en demeurait pas moins
entière et la poussait dans cet ordre aussi à me
faire des aveux compromettants qu'elle n'eût faits
à personne. Un jour, je réussis à l'obliger à porter
sur le dos une charge de munitions jusqu'en
première ligne ; elle accepta avec avidité cette
chance de mourir. Par contre, elle n'a jamais
voulu faire le coup de feu à nos côtés. C'est
dommage : à seize ans, elle avait fait preuve d'une
justesse de tir merveilleuse dans les battues.

Elle se chercha des rivales. Dans ces enquêtes
qui m'exaspéraient, il y avait peut-être moins de
jalousie que de curiosité. Comme un malade qui
se sent perdu, elle ne demandait plus de remèdes,
qu'elle cherchait encore des explications. Elle
exigea des noms, que j'eus l'imprudence de ne pas
inventer. Elle m'assurait un jour qu'elle eût
renoncé sans peine au profit d'une femme aimée ;
c'était mal se connaître : si cette femme avait
existé, Sophie l'eût déclarée indigne de moi, et eût
essayé de me la faire quitter. L'hypothèse romanesque d'une maîtresse laissée en Allemagne
n'eût pas suffi contre cette intimité des jours, ce
voisinage des nuits ; d'autre part, dans notre vie
ramassée sur elle-même, les soupçons ne pouvaient se porter que sur deux ou trois créatures
dont les complaisances n'eussent rien expliqué, et
ne pouvaient satisfaire personne. J'eus des scènes
absurdes à propos d'une paysanne rousse qui se
chargeait de nous cuire le pain. Ce fut un de ces
soirs-là que j'eus la brutalité de dire à Sophie que

si j'avais eu besoin d'une femme, c'était elle la dernière que j'aurais été chercher, et c'était vrai, mais pour d'autres raisons certes que le manque de beauté. Elle fut assez de son sexe pour ne songer qu'à celle-là ; je la vis chanceler comme une fille d'auberge assommée par un coup de poing d'ivrogne. Elle sortit en courant, monta l'escalier en se retenant à la rampe ; je l'entendais sangloter et buter le long des marches.

Elle dut passer la nuit penchée sur le miroir encadré de blanc de sa chambre de jeune fille, à se demander si vraiment son visage, son corps, ne pouvaient plaire qu'à des sergents pris de boisson, et si ses yeux, sa bouche, ses cheveux desservaient l'amour qu'elle portait au cœur. La glace lui renvoya des yeux d'enfant et d'ange, un large visage un peu informe qui était la terre même au printemps, un pays, des campagnes douces traversées de ruisseaux de larmes ; des joues couleur de soleil et de neige ; une bouche dont le rose bouleversant faisait presque trembler ; et des cheveux blonds comme ce bon pain dont nous n'avions plus. Elle eut horreur de toutes ces choses qui la trahissaient, n'étaient d'aucun secours devant l'homme aimé, et, se comparant désespérément aux photographies de Pearl White et de l'Impératrice de Russie suspendues à son mur, elle pleura jusqu'à l'aube sans parvenir à ruiner ses paupières de vingt ans. Le lendemain, je m'aperçus que pour la première fois elle avait omis de porter pour dormir ces bigoudis qui la faisaient ressembler, pendant les nuits d'alerte, à une Méduse coiffée de serpents. Acceptant une fois pour toutes la laideur, elle consentait héroïquement à paraître devant moi avec des cheveux plats. Je fis l'éloge de cette coiffure lisse ; comme je l'avais prévu, elle reprit courage ; mais un reste d'inquiétude sur son prétendu manque de charme ne servit qu'à lui donner une assurance nouvelle, comme si, ne craignant plus d'exercer sur moi le chantage de la beauté, elle se sentait d'autant plus le droit d'être considérée en amie.

J'étais allé à Riga discuter les conditions de la prochaine offensive, emmenant avec moi deux camarades dans la Ford épileptique des films comiques américains. Les opérations devaient prendre pour base Kratovicé, et Conrad était resté sur place pour pousser les préparatifs avec ce mélange d'activité et de nonchalance que je n'ai vu qu'à lui, et qui rassurait nos hommes. Dans l'hypothèse où tous les Si de l'avenir se seraient accomplis, c'eût été l'aide de camp admirable du Bonaparte que je ne me suis pas mêlé d'être, un de ces disciples idéals sans lesquels le maître ne s'explique pas. Pendant deux heures de dérapage le long de routes glacées, nous nous exposâmes à toutes les variétés de mort subite que risque un automobiliste passant ses vacances de Noël en Suisse. J'étais exaspéré par la tournure que prenaient, et la guerre, et mes affaires intimes. La participation à la défense antibolchevique en Courlande ne signifiait pas seulement danger de mort ; il faut bien dire que la comptabilité, les malades, le télégraphe, et la présence épaisse ou sournoise de nos camarades empoisonnaient peu à peu mes relations avec mon ami. La tendresse humaine a besoin de solitude autour d'elle, et d'un minimum de calme dans l'insécurité. On fait mal l'amour, ou l'amitié, dans une chambrée entre deux corvées de fumier. Contre toute attente, ce fumier, c'est ce qu'était devenue pour moi la vie à Kratovicé. Sophie seule tenait bon dans cette atmosphère d'un ennui sinistre et véritablement mortel, et il est assez naturel que le malheur résiste mieux aux emmerdements que son contraire. Mais c'était justement pour fuir Sophie que je m'étais désigné pour Riga. La ville était plus lugubre que jamais par ce temps de novembre. Je ne me souviens que de l'irritation provoquée chez nous par les atermoiements de von Wirtz, et du champagne atroce que nous bûmes dans une boîte de nuit russe, aux côtés d'une authentique Juive de Moscou, et de deux Hongroises qui se faisaient passer pour Françaises, et dont l'accent parisien m'aurait fait crier. Depuis des mois, j'étais sorti de la mode : j'avais du mal à me faire aux ridicules chapeaux enfoncés des femmes.

Vers quatre heures du matin, je me retrouvai dans une chambre du seul hôtel passable de Riga en compagnie d'une des Hongroises, l'esprit juste assez lucide pour me dire que j'aurais quand même préféré la Juive. Mettons qu'il y ait eu dans

tant de conformité aux usages quatre-vingt-dix-
huit pour cent du désir de ne pas me singulariser
vis-à-vis de nos camarades, et le reste de défi
adressé à moi-même : ce n'est pas toujours dans
le sens de la vertu qu'on se contraint le plus. Les
intentions d'un homme forment un écheveau si
embrouillé qu'il m'est impossible, à la distance où
je suis de tout cela, de décider si j'espérais ainsi
me rapprocher de Sophie par des voies détour-
nées, ou l'insulter en assimilant un désir que je
savais le plus pur du monde à une demi-heure
passée sur un lit en désordre dans les bras de la
première venue. Un peu de mon dégoût devait
forcément rejaillir sur elle, et je commençais peut-
être à avoir besoin d'être fortifié dans le mépris. Je
ne me dissimule pas qu'une crainte assez basse de
m'engager à fond contribuait à ma prudence à
l'égard de la jeune fille ; j'ai toujours eu horreur
de me commettre, et quelle est la femme amoureuse avec laquelle on ne se commet pas ? Cette
chanteuse des petits cafés de Budapest au moins
ne prétendait pas s'empêtrer dans mon avenir. Il
faut pourtant dire qu'elle s'accrocha à moi,
pendant ces quatre jours à Riga, avec une ténacité
de poulpe auquel ses longs doigts gantés de blanc
faisaient penser. Il y a toujours dans ces cœurs
ouverts à tout venant une place vide sous un abat-
jour rose, où elles s'efforcent désespérément d'ins-
taller n'importe qui. Je quittai Riga plein d'une
sorte de soulagement maussade à me dire que je
n'avais rien de commun avec ces gens, cette

guerre, ce pays, non plus qu'avec les quelques rares plaisirs inventés par l'homme pour se distraire de la vie. Pensant pour la première fois au lendemain, je fis des projets d'émigration au Canada avec Conrad, et d'existence dans une ferme, au bord des grands lacs, sans tenir compte que je sacrifiais ainsi pas mal de goûts de mon ami.

Conrad et sa sœur m'attendaient sur les marches du perron, sous la marquise dont les canonnades de l'été précédent n'avaient pas laissé une seule vitre intacte, de sorte que ces cloisons de fer vides ressemblaient à une énorme feuille morte et décortiquée dont il ne restait que les nervures. La pluie coulait au travers, et Sophie s'était noué sur la tête un mouchoir comme une paysanne. Tous deux s'étaient fatigués à me remplacer pendant mon absence : Conrad était d'une pâleur de nacre ; et mes inquiétudes au sujet de sa santé, que je savais fragile, me firent ce soir-là oublier tout le reste. Sophie avait fait monter pour nous une des dernières bouteilles de vin français dissimulées au fond du cellier. Mes camarades, déboutonnant leurs capotes, prirent place à table en échangeant des plaisanteries sur ce qui avait été pour eux les bonnes heures de Riga ; Conrad levait les sourcils avec une expression de surprise amusée et polie ; il avait fait avec moi l'expérience de ces sombres soirées en réaction contre soi-même, et une Hongroise de plus ou de moins ne l'étonnait pas. Sophie se mordit les lèvres en

s'apercevant qu'elle avait répandu un peu de
bourgogne en s'efforçant de remplir mon verre.
Elle sortit pour aller chercher une éponge, et mit à
faire disparaître cette tache autant de soin que si
ç'avait été la trace d'un crime. J'avais rapporté
des livres de Riga : ce soir-là, sous l'abat-jour
improvisé à l'aide d'une serviette, je regardai
Conrad s'endormir d'un sommeil d'enfant dans le
lit voisin, en dépit des bruits de pas de la tante
Prascovie qui allait et venait nuit et jour à l'étage
supérieur en marmonnant les prières auxquelles
elle attribuait notre relative préservation. Du
frère et de la sœur, c'était Conrad qui répondait
paradoxalement le plus à l'idée qu'on se fait d'une
jeune fille ayant des princes pour ancêtres. La
nuque hâlée de Sophie, ses mains gercées serrant
une éponge m'avaient rappelé subitement le jeune
valet de ferme Karl chargé d'étriller les poneys de
notre enfance. Après le visage graissé, poudré,
tapoté de ma Hongroise, elle était à la fois mal
soignée et incomparable.

L'équipée de Riga meurtrit Sophie sans la
surprendre ; pour la première fois, je me condui-
sais selon son attente. Mon intimité avec elle n'en
fut pas diminuée ; elle augmenta au contraire ; ces
relations mal définies sont d'ailleurs presque
indestructibles. Nous étions l'un envers l'autre
d'une franchise désordonnée. Il faut se souvenir
que la mode de l'époque plaçait au-dessus de tout
la sincérité totale. Au lieu de parler d'amour,
nous parlions sur l'amour, trompant à l'aide de

mots une inquiétude qu'un autre eût résolu par
des actes, et à laquelle les circonstances ne nous
permettaient pas d'échapper par la fuite. Sophie
mentionnait sans la moindre réticence son unique
expérience amoureuse, sans avouer pourtant
qu'elle avait été involontaire. De mon côté, je ne
dissimulais rien, excepté l'essentiel. Cette petite
fille aux sourcils froncés suivait avec une attention
presque grotesque mes histoires de putains. Je
crois qu'elle n'a commencé à prendre des amants
que pour atteindre vis-à-vis de moi à ce degré de
séduction qu'elle supposait aux filles perdues. Il y
a si peu de distance entre l'innocence totale et le
complet abaissement qu'elle descendit d'emblée
jusqu'à ce niveau de bassesse sensuelle où elle
s'essayait à tomber pour plaire, et je vis se faire
sous mes yeux une transformation plus étonnante
et presque aussi conventionnelle que sur aucune
scène. Ce ne furent d'abord que des détails
pathétiques à force de naïveté : elle trouva moyen
de se procurer du fard, et découvrit les bas de
soie. Ces yeux barbouillés de rimmel dont ils
n'avaient pas besoin pour paraître cernés, ces
pommettes allumées et saillantes ne me dégoû-
taient pas plus de ce visage que ne l'eussent fait
les cicatrices de mes propres coups. Je trouvais
que cette bouche jadis divinement pâle ne mentait
pas tant que cela en s'efforçant d'avoir l'air de
saigner. Des garçons, et Franz von Aland entre
autres, essayaient de capturer ce grand papillon
dévoré sous leurs yeux par une flamme inexplica-

ble. Moi-même, séduit davantage depuis que
d'autres l'étaient, et attribuant faussement mes
hésitations à des scrupules, j'en arrivais à regretter que Sophie fût précisément la sœur du seul être
envers lequel je me sentais lié par une espèce de
pacte. Je ne l'aurais pourtant pas regardée deux
fois, si elle n'avait pas eu pour moi les seuls yeux
qui importaient.

L'instinct des femmes est si court qu'il est facile
de jouer à leur égard le rôle d'astrologue : ce
garçon manqué suivit la grand-route poussiéreuse
des héroïnes de tragédie ; elle s'étourdit pour
oublier. Les causeries, les sourires, les danses
sauvages au son d'un grinçant gramophone, les
promenades hasardeuses dans la zone des coups
de feu reprirent avec des garçons qui surent
mieux en profiter que moi. Franz von Aland fut le
premier à bénéficier de cette phase aussi inévitable chez les femmes amoureuses et insatisfaites
que la période agitée chez les paralytiques géné-
raux. Il s'était pris pour Sophie d'un amour à peu
près aussi servile que celui que la jeune fille
éprouvait pour moi. Il accepta avec délices d'être
un pis-aller : c'est à peine si ses ambitions
s'étaient élevées jusque-là. Seul avec moi, Franz
avait toujours l'air de se préparer à m'offrir les
plates excuses d'un excursionniste qui s'est aven-
turé sur un chemin privé. Sophie devait se venger
de lui, de moi et d'elle-même en lui racontant
intarissablement notre amour : la soumission
effarée de Franz n'était pas faite pour me réconci-

lier avec l'idée du bonheur par les femmes. Je
pense encore avec une espèce de pitié à cet air de
chien qui mange du sucre que lui donnaient
malgré tout les moindres complaisances d'une
Sophie dédaigneuse, exaspérée, et facile. Ce bon
garçon malchanceux qui avait réussi à accumuler
dans sa courte vie toutes les guignes, depuis le
collège d'où il s'était fait renvoyer pour un vol
qu'il n'avait pas commis, jusqu'à l'assassinat de
ses parents par les Bolcheviks en 1917, et jusqu'à
une grave opération d'appendicite, se fit faire
prisonnier quelques semaines plus tard, et son
cadavre de supplicié fut retrouvé avec autour du
cou la plaie noirâtre produite par la longue mèche
flexible d'un rat de cave consumé. Sophie apprit
la nouvelle de ma bouche, avec toutes les atténua-
tions possibles, et je ne fus pas fâché de voir que
cette image atroce ne faisait que s'ajouter chez
elle à tant d'autres sans se nuancer de douleur.

Il y eut de nouveaux épisodes charnels issus du
même besoin de faire taire un moment cet insupportable monologue d'amour qui se poursuivait
au fond d'elle-même, et honteusement interrom-
pus après quelques étreintes maladroites par la
même incapacité d'oublier. Le plus odieux de ces
vagues passants fut pour moi un certain officier
russe échappé des prisons bolcheviques qui
séjourna huit jours parmi nous avant de partir
pour la Suède chargé d'une mystérieuse et illu-
soire mission auprès d'un des Grands-Ducs.
J'avais cueilli dès le premier soir sur les lèvres de

cet ivrogne d'incroyables histoires de femmes aux
détails amoureusement circonstanciés qui ne
m'aidèrent que trop à me figurer ce qui se passait
entre Sophie et lui sur le divan de cuir de la
maison du jardinier. J'aurais été désormais incapable de tolérer le voisinage de la jeune fille, si
j'avais lu, fût-ce une seule fois, sur son visage,
quelque chose qui ressemblât à du bonheur. Mais
elle m'avouait tout ; ses mains me touchaient
encore avec des petits gestes découragés qui
étaient moins des caresses que des tâtonnements
d'aveugle, et j'avais chaque matin devant moi une
femme au désespoir, parce que l'homme qu'elle
aimait n'était pas celui avec lequel elle venait de
coucher.

Un soir, un mois environ après mon retour de
Riga, je travaillais dans la tour avec Conrad, qui
s'appliquait de son mieux à fumer une longue
pipe allemande. Je venais de rentrer du village où
nos hommes s'efforçaient à l'aide de rondins de
consolider tant bien que mal nos tranchées de
boue ; c'était une de ces nuits d'épais brouillard,
les plus rassurantes de toutes, où les hostilités
s'interrompaient de part et d'autre, par suite de
l'évanouissement de l'ennemi. Ma vareuse trempée fumait sur le poêle que Conrad alimentait
d'affreuses petites bûchettes humides, sacrifiées
une à une avec le soupir de regret d'un poète qui
voit flamber ses arbres, lorsque le sergent Chopin
entra pour me remettre un message. Dès l'embrasure de la porte, sa figure rouge et inquiète me fit

signe par-dessus la tête inclinée de Conrad. Je le
suivis sur le palier ; ce Chopin, dans le civil
employé de banque à Varsovie, était le fils d'un
intendant polonais du comte de Reval ; il avait
une femme, deux enfants, du bon sens, et une
adoration tendre pour Conrad et sa sœur qui le
traitaient en frère de lait. Dès le début de la
Révolution, il avait rejoint Kratovicé, où il tenait
depuis lors l'emploi de l'honnête homme. Il me
chuchota qu'en traversant les sous-sols il avait
trouvé Sophie complètement ivre attablée devant
la grande table des cuisines, toujours désertes à
cette heure, et que malgré ses instances sans
doute maladroites il n'avait pas réussi à convain-
cre la jeune fille de remonter chez elle.

— Enfin, Monsieur, me dit-il (il m'appelait
Monsieur), pensez à la honte qu'elle en aurait
demain, si quelqu'un l'apercevait dans cet état...

L'excellent garçon croyait encore à la pudeur
de Sophie, et le plus curieux est qu'il ne se
trompait pas. Je descendis l'escalier à vis, en
m'efforçant de ne pas faire crier sur les marches
mes bottes mal graissées. Par cette nuit de trêve,
personne ne veillait à Kratovicé ; un bruit confus
de ronflements s'élevait de la grande salle du
premier étage, où trente garçons à bout de forces
dormaient comme un seul homme. Sophie était
assise dans la cuisine devant la grande table de
bois blanc ; elle se balançait mollement sur les
pieds inégaux d'une chaise dont le dossier faisait
avec le sol un angle inquiétant, étalant sous mes

yeux des jambes gainées de soie caramel, qui
étaient moins d'une jeune déesse que d'un jeune
dieu. Une bouteille avec un reste d'alcool oscillait
au bout de son bras gauche. Elle était incroyable-
ment ivre, et montrait à la lueur du poêle un
visage maculé de taches rouges. Je lui posai la
main sur l'épaule : pour la première fois, elle
n'eut pas à mon contact son frémissement horrible et délicieux d'oiseau blessé ; l'euphorie du
cognac l'immunisait contre l'amour. Elle tourna
vers moi un visage au regard vacant, et me dit
d'une voix aussi brouillée que ses yeux :

— Allez dire bonsoir à Texas, Éric. Il est
couché dans l'office.

J'allumai un briquet pour me diriger dans ce
réduit où l'on trébuchait sur des tas croulants de
pommes de terre germées. Le ridicule petit chien
était étendu sous la bâche d'une vieille voiture
d'enfant ; je devais apprendre par la suite que
Texas avait été tué par l'éclatement d'une gre-
nade enfouie dans le parc, et qu'il s'était efforcé
de déterrer du bout de son museau noir, comme
s'il s'agissait d'une truffe. Réduit en bouillie, il
ressemblait à un roquet écrasé par un tram dans
une avenue de grande ville. Je soulevai avec
précaution le révoltant paquet, pris une bêche, et
sortis dans la cour pour creuser un trou. La
surface du sol avait été dégelée par les pluies ;
j'enterrai Texas dans cette boue où il prenait de
son vivant un si évident plaisir à se vautrer.
Quand je rentrai dans la cuisine, Sophie venait

d'épuiser la dernière goutte de cognac ; elle lança
la bouteille dans les braises, où les parois de verre
éclatèrent avec un bruit sourd, se leva maladroitement, et dit d'une voix molle en prenant appui sur
mon épaule :

— Pauvre Texas... C'est dommage tout de
même. Il n'y avait que lui qui m'aimait...

Sa bouche soufflait une odeur d'alcool. Dès
l'escalier, les jambes lui manquèrent, et je la
soutins sous les bras le long des marches où elle
laissa une traînée de vomissements ; j'avais l'impression de reconduire dans sa cabine une passagère atteinte de nausées. Elle s'écroula sur un
fauteuil dans sa petite chambre en désordre,
pendant que je m'appliquais à découvrir le lit. Ses
mains, ses jambes étaient glacées. J'entassai sur
elle des couvertures et un manteau. Soulevée sur
le coude, elle continuait à vomir sans s'en apercevoir, la bouche ouverte, comme la statue d'une
fontaine. Enfin, elle s'allongea au creux du lit,
inerte, plate, moite comme un cadavre ; ses cheveux collés à ses joues faisaient sur son visage des
balafres blondes. Son pouls glissait sous mes
doigts, à la fois follement agité et presque insensible. Elle devait avoir gardé au fond de soi cette
lucidité qui est celle de l'ivresse, de la peur et du
vertige, car elle me raconta avoir éprouvé durant
toute cette nuit les sensations d'un voyage en
traîneau ou en toboggan de montagnes russes, les
soubresauts, le froid, les sifflements du vent et des
artères, l'impression de filer immobile et à toute

allure vers un gouffre dont on n'a même plus
peur. Je connais ce sentiment de vitesse mortelle
que donne l'alcool à un cœur qui flanche. Elle a
toujours cru que cette veillée de Bon Samaritain
au chevet de son lit malpropre m'avait laissé un
des souvenirs les plus répugnants de ma vie. Je
n'aurais pu lui dire que cette pâleur, ces taches, ce
danger, et cet abandon plus complet que dans
l'amour étaient rassurants et beaux ; et que ce
corps pesamment étalé me rappelait celui de mes
camarades soignés dans le même état, et Conrad
lui-même... J'ai oublié de mentionner qu'en la
dépouillant de ses vêtements j'avais remarqué à la
hauteur du sein gauche la longue cicatrice d'un
coup de couteau qui n'avait guère fait plus
qu'entamer profondément la chair. Elle me fit par
la suite l'aveu d'une maladroite tentative de
suicide. Était-ce de mon temps, ou de celui du
satyre lithuanien ? C'est ce que je n'ai jamais pu
savoir. Autant que possible, je ne mens pas.

Le sergent Chopin ne s'était pas trompé :
Sophie montra à la suite de cet incident une
confusion de pensionnaire qui a abusé du champagne à un repas de noces. Je bénéficiai pendant
quelques jours d'une amie mélancoliquement
raisonnable, dont chaque regard semblait dire
merci ou demander pardon. Nous avions des cas
de typhus dans les baraquements ; elle s'obstina à
les soigner ; ni moi ni Conrad n'y pouvions rien ;
je finis par laisser faire cette folle décidée,
semblait-il, à mourir sous mes yeux. Moins d'une

semaine plus tard, elle s'alita ; on la crut atteinte.
Elle ne souffrait que d'épuisement, de découragement, des fatigues d'un amour qui sans cesse
changeait de forme, comme une maladie nerveuse
qui présente chaque jour de nouveaux symptômes, et tout à la fois de manque de bonheur et
d'excès. Ce fut à mon tour d'entrer chaque matin
dans sa chambre aux petites heures de l'aube.
Tout Kratovicé nous croyait amants, ce qui la
flattait, je suppose, et qui d'ailleurs m'arrangeait
aussi. Je m'enquérais de sa santé avec une
sollicitude de médecin de famille ; assis sur son lit,
j'étais ridiculement fraternel. Si ma douceur avait
été calculée pour meurtrir Sophie davantage, la
réussite n'aurait pas été plus entière. Les genoux
relevés sous la couverture, le menton dans les
mains, elle fixait sur moi d'énormes yeux étonnés
pleins de larmes intarissables. Ces égards, cette
tendresse, ces caresses de la main effleurant ses
cheveux, l'époque était passée où Sophie en eût
joui avec bonne conscience. Le souvenir des
coucheries des mois précédents lui donnait cette
envie de fuir n'importe où hors de soi-même,
familière aux malheureux qui ne se supportent
plus. Elle essayait de se lever de son lit comme un
malade qui va mourir. Je la recouchais ; je la
bordais dans ces draps froissés où je savais qu'elle
se roulerait désespérément après mon départ. Si
je haussais les épaules en déclarant qu'aucun de
ces jeux physiques ne tirait à conséquence, j'infli-
geais à son amour-propre la blessure la plus

acérée, sous prétexte de calmer ses remords. Et à
ce quelque chose de plus profond, de plus essentiel encore que l'amour-propre, qu'est l'obscure
estime qu'un corps a pour soi-même. A la lumière
de cette indulgence nouvelle, mes duretés, mes
refus, mes dédains eux-mêmes prirent pour elle
l'aspect d'une épreuve dont elle n'avait pas bien
saisi l'importance, d'un examen qu'elle n'avait
pas réussi à passer. Comme un nageur épuisé, elle
se vit couler à deux brasses du rivage, au moment
où peut-être j'aurais commencé à l'aimer.
L'eussé-je prise, qu'elle eût maintenant pleuré
d'horreur en se souvenant qu'elle n'avait pas eu le
courage de m'attendre. Elle souffrit tous les
tourments des femmes adultères punies par la
douceur, et ce désespoir s'aggravait encore des
rares instants lucides où Sophie se rappelait
qu'après tout elle n'avait pas à me garder son
corps. Et pourtant, la colère, la répugnance,
l'attendrissement, l'ironie, un vague regret de ma
part, et de la sienne une haine naissante, tous les
contraires enfin nous collaient l'un à l'autre
comme deux amants ou deux danseurs. Ce lien si
désiré existait véritablement entre nous, et le pire
supplice de ma Sophie a dû être de le sentir à la
fois si étouffant et si impalpable.

Une nuit (puisqu'enfin presque tous mes souvenirs de Sophie sont nocturnes, excepté le dernier, qui a la couleur blafarde de l'aube), une nuit
donc de bombardement aérien, je m'aperçus
qu'un carré de lumière se découpait sur le balcon

de Sophie. Ce genre d'attaque avait été rare
jusque-là dans notre guerre d'oiseaux de marécages ; c'était la première fois à Kratovicé que la
mort nous tombait du ciel. Il était inadmissible
que Sophie voulût appeler le danger, non seulement sur elle-même, mais sur les siens, et sur nous
tous. Elle habitait au second étage de l'aile droite ;
la porte était fermée, mais non verrouillée. Sophie
était assise devant la table, dans le cercle de
lumière d'une grosse lampe à pétrole suspendue
au plafond. La porte-fenêtre ouverte encadrait le
paysage clair d'une nuit glacée. Mes efforts pour
fermer les volets gonflés par les récentes pluies
d'automne me rappelèrent les fenêtres barrica-
dées à la hâte, les soirs d'orage, dans les hôtels de
stations de montagne au temps de ma petite
enfance. Sophie me regardait faire avec une moue
triste. Elle me dit enfin :

— Éric, ça vous embête que je meure ?

Je détestais ces inflexions enrouées et tendres
qu'elle avait adoptées depuis qu'elle se conduisait
en fille. Le fracas d'une bombe m'évita de répondre. C'était à l'est, du côté de l'étang, ce qui me fit
espérer que l'orage s'éloignait. J'appris le lendemain que l'obus était tombé sur la berge, et des
roseaux fauchés flottèrent sur l'eau pendant quelques jours, mêlés aux ventres blancs des poissons
morts, et aux débris d'un canot brisé.

— Oui, reprit-elle lentement, du ton de quelqu'un qui cherche à se rendre compte, j'ai peur, et

c'est étonnant quand j'y pense. Parce que ça ne
devrait rien me faire, n'est-ce pas ?

— A votre aise, Sophie, répondis-je avec
aigreur, mais cette malheureuse vieille femme
habite une chambre à deux pas de la vôtre. Et
Conrad...

— Oh, Conrad, dit-elle avec un accent d'infinie fatigue, et elle se mit debout en s'appuyant des
deux mains à la table, comme une infirme qui
hésite à quitter son fauteuil.

Sa voix impliquait tant d'indifférence au sort de
son frère que je me demandais si elle avait
commencé à le haïr. Mais elle était tout simplement arrivée à cet état d'abrutissement où plus
rien ne compte, et elle avait cessé de s'inquiéter
du salut des siens, en même temps que d'admirer
Lénine.

— Souvent, dit-elle en se rapprochant de moi,
je pense que c'est mal de ne pas avoir peur. Mais
si j'étais heureuse, continua-t-elle, et elle avait
retrouvé cette voix à la fois rude et douce qui
m'émouvait toujours comme les notes basses d'un
violoncelle, il me semble que ça ne me ferait plus
rien, la mort. Cinq minutes de bonheur, ce serait
comme un signe que m'aurait envoyé Dieu. Est-ce
que vous êtes heureux, Éric ?

— Oui, je suis heureux, fis-je à contrecœur, en
m'apercevant soudain que je ne disais là qu'un
mensonge.

— Ah, c'est que vous n'en avez pas l'air, reprit-
elle sur un ton de taquinerie où perçait l'écolière

d'autrefois. Et c'est parce que vous êtes heureux que ça ne vous embête pas de mourir ?

Elle avait l'air d'une petite bonne mal réveillée à minuit par un coup de sonnette, avec son châle noir ravaudé par-dessus sa chemise de flanelle de pensionnaire. Je ne saurai jamais pourquoi je fis ce geste ridicule et indécent de rouvrir les volets. Les coupes d'arbres déplorées par Conrad avaient mis à nu le paysage ; on voyait jusqu'à la rivière où, comme toutes les nuits, des coups de feu intermittents et inutiles se répondaient. L'avion ennemi tournait encore dans le ciel verdâtre, et le silence était plein de ce bourdonnement horrible de moteur, comme si tout l'espace n'était qu'une chambre où virait maladroitement une guêpe géante. J'entraînai Sophie sur le balcon comme un amant par un clair de lune ; nous regardions en bas le gros pinceau lumineux de la lampe osciller sur la neige. Il ne devait pas faire grand vent, car le reflet bougeait à peine. Le bras passé autour de la taille de Sophie, j'avais l'impression d'ausculter son cœur ; ce cœur surmené hésitait, puis repartait, à un rythme qui était celui même du courage, et ma seule pensée, autant que je peux m'en souvenir, était que si nous mourions cette nuit-là, c'est tout de même près d'elle que j'avais choisi de périr. Soudain, un fracas énorme éclata tout près de nous ; Sophie se boucha les oreilles comme si ce tapage était plus affreux que la mort. L'obus était tombé cette fois à moins d'un jet de pierre, sur le toit en tôle ondulée de

l'écurie : cette nuit-là, deux de nos chevaux
payèrent pour nous. Dans l'incroyable silence qui
suivit, on entendit encore le bruit d'un mur de
briques qui n'en finissait pas de s'écrouler par
saccades, et le hennissement horrible d'un cheval
qui meurt. Derrière nous, la vitre avait volé en
éclats ; en rentrant dans la chambre, nous mar-
chions sur du verre brisé. J'éteignis la lampe,
comme on la rallume après avoir fait l'amour.

Elle me suivit dans le corridor. Là, une inoffensive veilleuse continuait de brûler au pied d'une
des images pieuses de la tante Prascovie. Sophie
respirait rapidement ; son visage était radieuse-
ment pâle, ce qui me prouva qu'elle m'avait
compris. J'ai vécu avec Sophie des moments plus
tragiques encore, mais aucun plus solennel, ni
plus proche d'un échange de serments. Son heure
dans ma vie, ç'a été celle-là. Elle leva ses mains
marquées par la rouille de la balustrade où nous
étions une minute plus tôt appuyés ensemble, et
se jeta sur ma poitrine comme si elle venait à
l'instant d'être blessée.

Ce geste qu'elle avait mis près de dix semaines
à accomplir, le plus étonnant, c'est que je l'acceptai. Maintenant qu'elle est morte, et que j'ai cessé
de croire aux miracles, je me sais gré d'avoir au
moins une fois baisé cette bouche et ces rudes
cheveux. Cette femme, pareille à un grand pays
conquis où je ne suis pas entré, je me souviens en
tout cas de l'exact degré de tiédeur qu'avait ce
jour-là sa salive et de l'odeur de sa peau vivante

Et si jamais j'avais pu aimer Sophie en toute simplicité des sens et du cœur c'est bien à cette minute, où nous avions tous les deux une innocence de ressuscités. Elle palpitait contre moi, et aucune rencontre féminine de prostitution ou de hasard ne m'avait préparé à cette violente, à cette affreuse douceur. Ce corps à la fois défait et raidi par la joie pesait dans mes bras d'un poids aussi mystérieux que la terre l'eût fait, si quelques heures plus tôt j'étais entré dans la mort. Je ne sais à quel moment le délice tourna à l'horreur, déclenchant en moi le souvenir de cette étoile de mer que maman, jadis, avait mis de force dans ma main, sur la plage de Scheveningue, provoquant ainsi chez moi une crise de convulsions pour le plus grand affolement des baigneurs. Je m'arrachai à Sophie avec une sauvagerie qui dut paraître cruelle à ce corps que le bonheur rendait sans défense. Elle rouvrit les paupières (elle les avait fermées) et vit sur mon visage quelque chose de plus insupportable sans doute que la haine ou l'épouvante, car elle recula, se couvrit la figure de son coude levé, comme une enfant souffletée, et ce fut la dernière fois que je la vis pleurer sous mes yeux. J'ai encore eu avec Sophie deux entrevues sans témoin, avant que tout ne fût accompli. Mais à partir de ce soir-là, tout se passa comme si l'un de nous deux était déjà mort, moi, en ce qui la concernait, ou elle, dans cette part de soi-même qui m'avait fait confiance à force de m'aimer.

Ce qui ressemble encore le plus aux phases

monotones d'un amour, ce sont les rabâchages
infatigables et sublimes des quatuors de Beetho-
ven. Pendant ces sombres semaines de l'avent (et
la tante Prascovie, multipliant ses jours de jeûne,
ne nous laissait rien oublier du calendrier de
l'Église), la vie continua chez nous avec son
pourcentage habituel de misères, d'irritations et
de catastrophes. Je vis ou j'appris la mort de
quelques-uns de mes rares amis ; Conrad fut
légèrement blessé ; du village, pris et repris par
trois fois, il ne restait que quelques pans de murs
fondant sous la neige. Quant à Sophie, elle était
calme, résolue, serviable, et butée. Ce fut vers
cette époque que Volkmar prit ses quartiers
d'hiver au château, avec les déchets d'un régiment que nous envoyait von Wirtz. Depuis la
mort de Franz von Aland, notre petit corps
expéditionnaire allemand s'était effrité de jour en
jour, remplacé par un mélange d'éléments baltes
et russes blancs. Je connaissais ce Volkmar pour
l'avoir détesté à quinze ans chez le professeur de
mathématiques où l'on nous envoyait trois fois
par semaine durant les mois d'hiver passés à
Riga. Il me ressemblait comme une caricature
ressemble au modèle : il était correct, aride,
ambitieux et intéressé. Il appartenait à ce type
d'hommes à la fois stupides et nés pour réussir,
qui ne tiennent compte des faits nouveaux que
dans la mesure où ils en profitent, et basent leurs
calculs sur les constantes de la vie. Sans la guerre,
Sophie n'aurait pas été pour lui ; il se jeta sur cette

occasion. Je savais déjà qu'une femme isolée en
pleine caserne acquiert sur les hommes un prestige qui tient de l'opérette et de la tragédie. On
nous avait crus amants, ce qui était littéralement
faux ; quinze jours ne se passèrent pas sans qu'on
les étiquetât fiancés. J'avais supporté sans souffrir
les rencontres d'une Sophie à demi somnambule
avec des garçons qui ne faisaient, et encore, que
lui procurer des moments d'oubli. La liaison avec
Volkmar m'inquiéta, parce qu'elle me la tint
cachée. Elle ne dissimulait rien ; elle m'enlevait
simplement mon droit de regard sur sa vie. Et
certes, j'étais moins coupable envers elle que je ne
l'avais été au début de notre entente, mais on est
toujours puni à contre-saison. Sophie était pourtant assez généreuse pour garder envers moi des
égards affectueux, et d'autant plus peut-être
qu'elle commençait à me juger. Je me trompais
donc sur la fin de cet amour comme je m'étais
trompé sur son commencement. Par instants, je
crois encore qu'elle m'aima jusqu'à son dernier
souffle. Mais je me défie d'une opinion où mon
orgueil est à ce point engagé. Il y avait chez
Sophie un fond de santé assez solide pour permettre toutes les convalescences amoureuses : il m'arrive parfois de me l'imaginer mariée à Volkmar,
maîtresse de maison entourée d'enfants, serrant
dans une gaine de caoutchouc rose sa taille
épaissie de femme de quarante ans. Ce qui
infirme cette vue, c'est que ma Sophie est morte
exactement dans l'atmosphère et sous l'éclairage

qui appartenaient à notre amour. En ce sens, et
comme on disait en ce temps-là, j'ai donc l'impression d'avoir gagné la guerre. Pour m'exprimer de façon moins odieuse, disons simplement
que j'avais vu plus juste dans mes déductions que
Volkmar dans ses calculs, et qu'il existait bien
entre Sophie et moi une affinité d'espèce. Mais
pendant cette semaine de Noël, Volkmar eut tous
les atouts.

Il m'arrivait encore de frapper la nuit à la porte
de Sophie pour m'humilier en m'assurant qu'elle
n'était pas seule ; jadis, c'est-à-dire un mois plus
tôt, dans les mêmes circonstances, le rire faux et
provocant de Sophie m'aurait rassuré presque
autant que l'eussent fait ses larmes. Mais on
ouvrait la porte ; la correction glacée de cette
scène contrastait avec l'ancien désordre de linge-
rie éparpillée et de flacons de liqueurs ; et
Volkmar m'offrait d'un geste sec son étui à
cigarettes. Ce que je supporte le moins, c'est
d'être épargné ; je tournais les talons en imagi-
nant les chuchotements et les fades baisers qui
reprendraient après mon départ. Ils parlaient de
moi, d'ailleurs, et j'avais raison de n'en pas
douter. Il existait entre Volkmar et moi-même
une haine si cordiale que je me demande par
moments s'il n'avait pas jeté les yeux sur Sophie
seulement parce que tout Kratovicé nous mettait
ensemble. Mais il faut bien que j'aie tenu à cette
femme plus passionnément que je ne le croyais,

puisque j'ai tant de mal à admettre que cet
imbécile l'ait aimée.

Je n'ai jamais vu de soirée de Noël plus gaie
qu'à Kratovicé pendant cet hiver de guerre. Irrité
par les préparatifs ridicules de Conrad et de
Sophie, je m'étais éclipsé sous prétexte d'un
rapport à faire. Vers minuit, la curiosité, la faim,
le bruit des rires, et le son un peu éraillé d'un de
mes disques préférés m'amenèrent au salon où les
danseurs tournaient à la lueur d'un feu de bois et
de deux douzaines de lampes dépareillées. Une
fois de plus, j'avais l'impression de ne pas partici-
per à la gaieté des autres, et de mon propre gré,
mais l'amertume n'en est pas moindre. Un souper
de jambon cru, de pommes et de whisky avait été
préparé sur l'une des consoles lourdement dorées ;
Sophie elle-même avait boulangé le pain.
L'énorme carrure du médecin Paul Rugen me
cachait la moitié de la chambre ; une assiette sur
les genoux, ce géant expédiait rapidement sa part
de victuailles, pressé comme toujours de regagner
son hôpital installé dans les anciennes remises du
prince Pierre ; j'aurais pardonné à Sophie, si
ç'avait été à celui-là, et non à Volkmar qu'elle eût
fait signe. Chopin, qui avait pour les jeux de
société une prédilection solitaire, s'évertuait à
construire un édifice de bouts d'allumettes dans le
goulot égueulé d'une bouteille. Conrad s'était
tailladé le doigt avec sa maladresse habituelle en
essayant de débiter le jambon en tranches min-
ces ; un mouchoir enroulé autour de l'index, il

mettait à profit la silhouette de son bandage pour
varier sur le mur les ombres qu'il dessinait des
deux mains. Il était pâle, et boitait encore à la
suite de sa blessure récente. De temps à autre, il
s'arrêtait de gesticuler pour alimenter le gramophone.

La Paloma avait fait place à je ne sais quelles
nouveautés nasillardes ; Sophie changeait de partenaire à chaque danse. Danser était encore ce
qu'elle faisait de mieux : elle tourbillonnait
comme une flamme, ondulait comme une fleur,
glissait comme un cygne. Elle avait mis sa robe de
tulle bleu à la mode de 1914, la seule toilette de
bal qu'elle ait possédée de sa vie, et encore à ma
connaissance ne l'a-t-elle portée que deux fois.
Cette robe à la fois démodée et neuve suffisait à
changer en héroïne de roman notre camarade de
la veille. Une multitude de jeunes filles en tulle
bleu aperçues dans les glaces étant les seules
invitées de la fête, le reste des garçons se trouvaient réduits à former entre eux des couples. Le
matin même, en dépit de sa jambe malade,
Conrad s'était obstiné à grimper au haut d'un
chêne pour s'emparer d'une touffe de gui ; cette
imprudence de gamin avait provoqué la première
des deux seules disputes que j'aie jamais eues
avec mon ami. L'idée de cette touffe de gui venait
de Volkmar ; suspendue au sombre lustre que nul
d'entre nous n'avait vu allumé depuis les Noëls de
notre enfance, elle servait de prétexte aux garçons
pour embrasser leur danseuse. Chacun de ces

jeunes gens colla tour à tour ses lèvres à celles
d'une Sophie hautaine, amusée, condescendante,
bonne enfant, ou tendre. Quand j'entrai au salon,
le tour de Volkmar était venu ; elle échangea avec
lui un baiser que j'étais payé pour savoir très
différent de celui de l'amour, mais qui signifiait
indubitablement la gaieté, la confiance, l'accord.
Le « Tiens donc, Éric, on n'attendait plus que
toi ! » de Conrad obligea Sophie à tourner la tête.
Je me tenais dans l'embrasure d'une porte, loin de
toutes lumières, du côté du salon de musique.
Sophie était myope ; elle me reconnut pourtant,
car elle ferma à demi les yeux. Elle appuya les
mains sur ces épaulettes détestées que les Rouges
clouaient parfois dans la chair des officiers blancs
prisonniers, et la seconde accolade donnée à
Volkmar fut un baiser de défi. Son partenaire
penchait au-dessus d'elle un visage à la fois
attendri et allumé ; si cette expression est celle de
l'amour, les femmes sont folles de ne pas nous
fuir, et ma méfiance envers elles n'est pas sans
raison. Les épaules nues dans sa toilette bleue,
rejetant en arrière ses courts cheveux qu'elle avait
brûlés en essayant de les friser au fer, Sophie
présentait à cette brute les lèvres les plus invitan-
tes et les plus fausses que jamais actrice de cinéma
ait offertes en louchant vers l'appareil de prise de
vues. C'en était trop. Je la saisis par le bras, et je
la giflai. La secousse ou la surprise furent si
grandes qu'elle recula, fit un tour sur elle-même,
buta du pied contre une chaise, et tomba. Et un

saignement de nez vint ajouter son ridicule à
toute cette scène.

La stupeur de Volkmar fut telle qu'il prit un
temps avant de se jeter sur moi. Rugen s'inter-
posa, et je crois bien qu'il m'assit de force dans un
fauteuil Voltaire. Un numéro de boxe faillit
pourtant terminer la fête ; en plein tumulte
Volkmar s'enrouait à réclamer des excuses ; on
nous crut ivres, ce qui arrangea l'affaire. Nous
partions le lendemain pour une mission dangereuse, et l'on ne se bat pas avec un camarade, par
un soir de Noël, et pour une femme dont on ne
veut pas. On me fit serrer la main de Volkmar, et
le fait est que je ne pestais que contre moi-même.
Quant à Sophie, elle avait disparu dans un grand
bruit de tulle froissé. En l'arrachant à son danseur, j'avais rompu le fermoir du mince fil de
perles qu'elle portait au cou, et qui lui avait été
donné le jour de sa confirmation par sa grand-
mère Galitzine. L'inutile jouet traînait à terre. Je
me baissai, et l'empochai machinalement. Je n'ai
jamais eu l'occasion de le rendre à Sophie. J'ai
souvent pensé à le vendre, dans une de mes
périodes de débine, mais les perles avaient jauni
et pas un bijoutier n'en aurait voulu. Je l'ai
encore, ou plutôt je l'avais encore, au fond d'une
petite valise qui m'a été volée cette année en
Espagne. Il y a ainsi des objets qu'on garde, on ne
sait pas pourquoi.

Cette nuit-là, mes allées et venues de la fenêtre
à l'armoire égalèrent en régularité celles de la

tante Prascovie. J'étais pieds nus, et mes pas sur
le plancher ne pouvaient réveiller derrière son
rideau Conrad endormi. A dix reprises, cherchant
dans l'obscurité mes chaussures, ma veste, je
décidai d'aller rejoindre Sophie dans sa chambre,
où cette fois j'étais sûr de la trouver seule. Mû par
le ridicule besoin de netteté d'un cerveau à peine
adulte, j'en étais encore à me demander si j'aimais cette femme. Et certes, il manquait jusqu'ici
à cette passion la preuve dont les moins grossiers
d'entre nous se servent pour authentifier l'amour,
et Dieu sait que j'avais en cela gardé rancune à
Sophie de mes propres hésitations. Mais c'était le
malheur de cette fille abandonnée à tous qu'on ne
pouvait penser à s'engager envers elle que pour
toute la vie. A une époque où tout fout le camp, je
me disais que cette femme au moins serait solide
comme la terre, sur laquelle on peut bâtir ou se
coucher. Il eût été beau de recommencer le
monde avec elle dans une solitude de naufragés.
Je savais n'avoir jusque-là vécu que sur mes
limites ; ma position se ferait intenable ; Conrad
vieillirait, moi aussi, et la guerre ne servirait pas
toujours d'excuse à tout. Au pied de l'armoire à
glace, des refus qui n'étaient pas tous ignobles
reprenaient le pas sur des acquiescements qui
n'étaient pas tous désintéressés. Je me demandais
avec un prétendu sang-froid ce que je comptais
faire de cette femme, et certes je n'étais pas
préparé à considérer Conrad en beau-frère. On ne
laisse pas tomber, pour en séduire, un peu malgré

soi, la sœur, un ami divinement jeune et vieux de vingt ans. Puis, comme si mon va-et-vient dans la chambre m'avait ramené à l'autre extrémité du pendule, je redevenais pour un temps ce personnage qui se moquait pas mal de mes complications personnelles, et qui ressemblait sans doute trait pour trait à tous ceux de ma race qui s'étaient avant moi cherché des fiancées. Ce garçon plus simple que moi-même palpitait comme le premier venu au souvenir d'une gorge blanche. Un peu avant l'heure où le soleil se fût levé, si le soleil se levait par ces jours gris, j'entendis le doux bruit de fantôme que font des vêtements féminins tremblant au vent d'un corridor, le grattement pareil à celui d'un animal familier qui demande à se faire ouvrir par son maître, et cette respiration haletante d'une femme qui a couru jusqu'au bout de son destin. Sophie parlait à voix basse, la bouche collée à la paroi de chêne, et les quatre ou cinq langues qui lui étaient familières, y compris le français et le russe, lui servaient à varier ces mots maladroits qui sont par tous pays les plus galvaudés et les plus purs.

— Éric, mon seul ami, je vous supplie de me pardonner.

— Sophie, chère, je m'apprête à partir... Trouvez-vous ce matin dans la cuisine à l'heure du départ. Il faut que je vous parle... Excusez-moi.

— Éric, c'est moi qui demande pardon...

Celui qui prétend se souvenir mot pour mot

d'une conversation m'a toujours paru un menteur
ou un mythomane. Il ne me reste jamais que des
bribes, un texte plein de trous, comme un document mangé des vers. Mes propres paroles, même
à l'instant où je les prononce, je ne les entends
pas. Quant à celles de l'autre, elles m'échappent,
et je ne me souviens que du mouvement d'une
bouche à portée de mes lèvres. Tout le reste n'est
que reconstitution arbitraire et faussée, et ceci
vaut également pour les autres propos dont
j'essaie ici de me souvenir. Si je me rappelle à peu
près sans faute les pauvres platitudes échangées
entre nous cette nuit-là, c'est sans doute parce
que ce furent les dernières douceurs que Sophie
m'ait dites de sa vie. Je dus renoncer à faire
tourner sans bruit la clef dans la serrure. On croit
hésiter, ou s'être résolu, mais c'est aux petites
raisons pour lesquelles en fin de compte on se
décide que se marquent les pesées secrètes. Ma
lâcheté ou mon courage n'allaient pas jusqu'à
mettre Conrad en face d'une explication. Conrad
avait eu la naïveté de ne voir dans mon geste de la
veille qu'une protestation contre les familiarités
prises avec sa sœur par le premier venu : j'ignore
encore si je me serais jamais résigné à lui avouer
que pendant quatre mois je lui avais chaque jour
menti par omission. Mon ami se retournait dans
son sommeil, avec les gémissements involontaires
que lui arrachait le frottement de sa jambe
malade contre le drap ; je revins m'étendre sur
mon lit, les mains sous la nuque, et tâchai de ne

plus penser qu'à l'expédition du lendemain. Si j'avais possédé Sophie cette nuit-là, je crois que j'eusse avidement joui de cette femme que je venais de marquer aux yeux de tous, comme une chose qui n'était qu'à moi seul. Sophie enfin heureuse eût sans doute été à peu près invulnérable aux attaques qui devaient bientôt nous séparer à jamais : c'est donc de moi que serait venue fatalement l'initiative de la rupture. Après quelques semaines de désappointement ou de délire, mon vice à la fois désespérant et indispensable m'aurait reconquis ; et ce vice, quoi qu'on puisse en penser, c'est bien moins l'amour des garçons que la solitude. Les femmes n'y peuvent vivre, et toutes la saccagent, ne serait-ce qu'en s'efforçant d'y créer un jardin. L'être qui tout de même me constitue dans ce que j'ai de plus inexorablement personnel aurait repris le dessus, et j'aurais bon gré mal gré abandonné Sophie, comme un chef d'État abandonne une province trop éloignée de la métropole. L'heure de Volkmar aurait infailliblement sonné de nouveau pour elle, ou à son défaut l'heure du trottoir. Il y a des choses plus propres qu'une telle succession de déchirements et de mensonges qui rappellent l'idylle du commis voyageur avec la bonne, et je trouve aujourd'hui que le malheur n'a pas mal arrangé les choses. Il n'en est pas moins vrai que j'ai probablement perdu une des chances de ma vie. Mais il y a aussi des chances dont malgré nous notre instinct ne veut pas.

Vers sept heures du matin, je descendis dans la cuisine, où Volkmar déjà prêt m'attendait. Sophie avait réchauffé du café, préparé des provisions qui n'étaient que les restes du buffet de la veille ; elle était parfaite dans ces soins de femme de soldat. Elle nous dit adieu dans la cour, à peu près à l'endroit où j'avais enterré Texas par un soir de novembre. Pas un instant, nous ne fûmes seuls. Prêt à me lier dès mon retour, je n'étais pourtant pas fâché de mettre entre ma déclaration et moi un délai qui aurait peut-être la largeur de la mort. Tous trois, nous paraissions avoir oublié les incidents de la veille : cette cicatrisation au moins apparente était un trait de notre vie sans cesse cautérisée par la guerre. Volkmar et moi, nous baisâmes la main qui nous était tendue, et qui continua de loin à nous faire des signes que chacun de nous prenait pour soi seul. Nos hommes nous attendaient près des baraquements, accroupis autour d'un feu de braises. Il neigeait, ce qui allait empirer les fatigues de la route, mais nous garantirait peut-être des surprises. Les ponts avaient sauté ; mais la rivière gelée était sûre. Notre but était d'atteindre Munau où Broussaroff se trouvait bloqué dans une situation plus exposée que la nôtre, et de protéger en cas de nécessité son repliement sur nos lignes.

Les communications téléphoniques étaient coupées depuis quelques jours entre Munau et nous, sans que nous sachions s'il fallait l'attribuer à la tempête ou à l'ennemi. En réalité, le village était

tombé entre les mains des Rouges la veille de
Noël ; le reste durement éprouvé des troupes de
Broussaroff était cantonné à Gourna. Broussaroff
lui-même était gravement blessé ; il mourut une
semaine plus tard. Dans l'absence d'autres chefs,
la responsabilité de la retraite m'incomba. Je
tentai une contre-attaque sur Munau, dans l'espoir de rentrer en possession des prisonniers et du
matériel de guerre, ce qui ne réussit qu'à nous
affaiblir davantage. Broussaroff, dans ses
moments de lucidité, s'obstinait à ne pas quitter
Gourna, dont il s'exagérait l'importance stratégique ; j'ai d'ailleurs toujours considéré comme un
incapable ce soi-disant héros de l'offensive de
1914 contre notre Prusse Orientale. Il devenait
indispensable que l'un de nous allât chercher
Rugen à Kratovicé, et se chargeât ensuite de
porter à von Wirtz un rapport exact sur la
situation, ou plutôt deux rapports, celui de Broussaroff et le mien. Si j'ai choisi Volkmar pour cette
mission, c'est que lui seul possédait la souplesse
nécessaire pour traiter avec le Commandant en
chef, comme aussi pour décider Rugen à nous
rejoindre ; car je n'ai pas dit qu'une des particula-
rités de Paul était de nourrir pour les officiers de
la Russie impériale une aversion surprenante
même dans nos rangs, pourtant presque aussi
irréductiblement hostiles aux émigrés qu'aux Bolcheviks eux-mêmes. De plus, et par une curieuse
déformation professionnelle, le dévouement que
Paul témoignait aux blessés ne dépassait pas les

murs de son ambulance ; Broussaroff mourant à Gourna l'intéressait moins que le premier venu de ses opérés de la veille.

Entendons-nous : je ne tiens pas à être accusé de plus de perfidie que je n'en suis capable. Je n'essayais pas de me débarrasser d'un rival (le mot fait sourire) en le chargeant d'une mission dangereuse. Partir n'était pas plus périlleux que rester, et je ne crois pas que Volkmar m'eût tenu rancune de l'exposer à un surcroît de risque. Il s'y attendait peut-être ; le cas échéant, il en eût usé de même avec moi. L'autre solution eût été de rentrer moi-même à Kratovicé, et de laisser à Volkmar la haute main à Gourna, où Broussaroff délirant ne comptait plus. Sur le moment, Volkmar m'en a voulu de lui avoir attribué le moindre rôle ; de la façon dont les choses ont tourné, il a dû m'être reconnaissant par la suite d'avoir pris sur moi la pire responsabilité. Il n'est pas vrai non plus que je l'eusse renvoyé à Kratovicé pour lui offrir une dernière chance de me supplanter définitivement auprès de Sophie : ce sont là de ces finesses dont on ne se soupçonne qu'après coup. Je n'avais pas envers Volkmar la méfiance qui eût peut-être été normale entre nous : contre toute attente, il s'était montré assez bon bougre pendant ces quelques jours passés côte à côte. En cela, comme en bien d'autres choses, le flair me manquait. Les vertus de camaraderie de Volkmar n'étaient pas à proprement parler un revêtement hypocrite, mais une espèce de grâce d'état militaire, endossée et quittée avec l'uniforme. Il faut dire aussi qu'il avait pour moi une vieille haine animale, et pas seulement intéressée. J'étais à ses yeux un objet de scandale, et probablement aussi répugnant qu'une araignée. Il a pu croire qu'il était de son devoir de mettre Sophie en garde contre moi ; je dois encore lui savoir gré de ne pas avoir joué cette carte plus tôt. Je me doutais bien que je courais un danger en le remettant face à face avec Sophie, à supposer que celle-ci m'importât beaucoup, mais le moment n'était pas aux considérations de ce genre, et de toute façon mon orgueil m'eût empêché de m'y arrêter. Quant à me desservir auprès de von Wirtz, je suis persuadé qu'il ne l'a pas fait. Ce Volkmar était honnête homme jusqu'à un certain point, comme tout le monde.

Rugen arriva quelques jours plus tard, flanqué de camions blindés et d'une voiture d'ambulance. L'arrêt à Gourna ne pouvant se prolonger, je pris sur moi d'emmener de force Broussaroff, qui mourut en route, comme il était à prévoir, et devait se montrer aussi encombrant mort qu'il l'avait été vivant. Nous fûmes attaqués en amont de la rivière, et ce ne fut qu'une poignée d'hommes que je parvins à ramener à Kratovicé. Mes erreurs au cours de cette retraite en miniature m'ont servi quelques mois plus tard durant les opérations sur la frontière de Pologne, et chacun de ces morts de Gourna m'a fait économiser par la suite une douzaine de vies. Peu importe : les vaincus ont toujours tort, et je méritais tous les blâmes qui se déversèrent sur moi, sauf celui de n'avoir pas obéi aux ordres d'un malade dont le cerveau se désagrégeait déjà. La mort de Paul surtout me bouleversa : je n'avais pas d'autre ami. Je me rends compte que cette affirmation paraît s'inscrire en faux contre tout ce que j'ai dit jusqu'ici : pour peu qu'on y pense, il est pourtant assez facile d'accorder ces contradictions. Je passai la première nuit qui suivit mon retour dans les baraquements, sur une de ces paillasses grouillantes de poux qui ajoutaient à nos risques le typhus exanthématique, et je crois bien que j'y dormis aussi lourdement qu'un mort. Je n'avais pas changé de résolution en ce qui concernait Sophie, et du reste, le temps de penser à elle me manquait, mais je ne tenais peut-être pas à remettre immédiatement le pied dans la trappe où j'acceptais d'être pris. Tout me semblait cette nuit-là ignoble, inutile, abrutissant, et gris.

Le lendemain, par une sale matinée de neige fondue et de vent d'ouest, je franchis la courte distance entre les baraquements et le château. Pour monter au bureau de Conrad, je pris l'escalier d'honneur, encombré de paille et de caisses défoncées, au lieu de celui de service, que j'employais presque toujours. Je n'étais pas lavé, pas rasé, et en état d'infériorité absolue en cas de scène de reproches ou d'amour. Il faisait sombre dans l'escalier, éclairé seulement par une petite

fente dans un volet bouché. Entre le premier et le
second étage, je me trouvai subitement nez à nez
avec Sophie qui descendait les marches. Elle avait
sa pelisse, ses bottes de neige, et un petit châle de
laine jeté sur la tête, à peu près comme le
mouchoir de soie dont les femmes s'affublent cette
année aux bains de mer. Elle tenait à la main un
paquet enveloppé dans un torchon noué aux
quatre coins, mais je l'avais vue souvent en porter
de semblables dans ses visites à l'ambulance ou à
la femme du jardinier. Rien de tout cela n'était
nouveau, et la seule chose qui eût pu m'avertir
était donc son regard. Mais elle évita mes yeux.

— Eh bien, Sophie, vous sortez par un temps
pareil ? plaisantai-je en essayant de lui prendre le
poignet.

— Oui, dit-elle, je pars.

Sa voix m'apprit que c'était sérieux, et qu'en
effet elle partait.

— Où allez-vous ?

— Ça ne vous regarde pas, dit-elle en dégageant son poignet d'un geste sec, et sa gorge eut ce
léger renflement qui rappelle le cou d'une
colombe, et qui indique qu'on vient de ravaler un
sanglot.

— Et peut-on savoir pourquoi vous partez, ma
chère ?

— J'en ai assez, répéta-t-elle avec un mouvement convulsif des lèvres qui rappela un instant le
tic de la tante Prascovie. J'en ai assez.

Et passant du bras gauche au bras droit son

ridicule paquet qui lui donnait l'air d'une servante renvoyée, elle fonça comme pour s'échapper, et ne réussit qu'à descendre une marche, ce qui nous rapprocha malgré elle. Alors, s'adossant au mur, de façon à laisser entre nous le plus grand espace possible, elle leva pour la première fois sur moi des yeux pleins d'horreur.

— Ah, fit-elle, vous me dégoûtez tous...

Je suis sûr que les mots qu'elle lâcha ensuite au hasard ne venaient pas d'elle, et il n'est pas difficile de deviner à qui elle les empruntait. On aurait dit une fontaine crachant de la boue. Son visage avait pris une expression de grossièreté paysanne : j'ai vu chez des filles du peuple de ces explosions d'obscénité indignée. Il importait peu que ces accusations fussent justifiées ou non ; et tout ce qui se dit dans cet ordre est toujours faux, car les vérités sensuelles échappent au langage, et ne sont faites que pour les balbutiements de bouche à bouche. La situation s'éclaircissait : c'était bien une adversaire que j'avais en face de moi, et d'avoir toujours subodoré la haine dans l'abnégation de Sophie me rassurait au moins sur ma clairvoyance. Il se peut qu'une confidence totale de ma part l'eût empêchée de passer ainsi à l'ennemi, mais ce sont là des considérations aussi vaines que celles qui établissent la victoire possible de Napoléon à Waterloo.

— Et c'est de Volkmar, je suppose, que vous tenez ces infamies ?

— Oh, celui-là ! dit-elle d'un air qui ne me

laissa aucun doute sur les sentiments qu'elle éprouvait pour lui. Elle devait en ce moment nous confondre dans le même mépris, et avec nous le reste des hommes.

— Savez-vous ce qui m'étonne ? C'est que ces charmantes idées ne vous soient pas venues depuis longtemps, fis-je du ton le plus léger possible, essayant toutefois de l'entraîner dans un de ces débats où elle se serait perdue deux mois plus tôt.

— Si, répondit-elle distraitement. Si, mais c'est sans importance.

Elle ne mentait pas : rien pour les femmes n'a d'importance qu'elles-mêmes, et tout autre choix n'est pour elles qu'une folie chronique ou qu'une aberration passagère. J'allais lui demander âprement ce qui alors importait pour elle, quand je vis son visage, ses yeux, se décomposer et frémir au cours d'un nouvel accès de désespoir comme sous l'élancement profond d'une névralgie.

— Tout de même, je n'aurais pas cru que vous auriez mêlé Conrad à tout cela.

Elle détourna faiblement la tête, et ses joues pâles prirent feu comme si la honte d'une telle accusation était trop grande pour ne pas retomber aussi sur elle. Je compris alors que l'indifférence envers les siens qui m'avait longtemps scandalisé chez Sophie n'était qu'un symptôme trompeur, une ruse de l'instinct pour les tenir en dehors de la misère et du dégoût où elle se croyait tombée ; et que sa tendresse pour son frère avait continué à

sourdre à travers sa passion pour moi, invisible
comme une source dans l'eau salée de la mer.
Bien plus, elle avait investi Conrad de tous les
privilèges, de toutes les vertus auxquels elle
renonçait, comme si ce fragile garçon avait été son
innocence. L'idée qu'elle prenait contre moi sa
défense m'atteignit au point le plus sensible de ma
mauvaise conscience. Toutes les réponses eussent
été bonnes, sauf celle sur quoi je trébuchai par
irritation, par timidité, par hâte de blesser en
retour. Il y a au fond de chacun de nous un goujat
insolent et obtus, et ce fut lui qui riposta :

— Les filles de trottoir n'ont pas à se charger
de la police des mœurs, chère amie.

Elle me regarda avec surprise, comme si tout de
même elle ne s'attendait pas à cela, et je m'aperçus trop tard qu'elle eût accepté avec joie une
dénégation, et qu'un aveu n'eût sans doute provoqué en elle qu'un flot de larmes. Penchée en
avant, les sourcils froncés, elle chercha une
réponse à cette petite phrase qui nous séparait
plus qu'un mensonge ou qu'un vice, ne trouva
dans sa bouche qu'un peu de salive, et me cracha
au visage. Appuyé à la rampe, je la regardai
stupidement descendre l'escalier d'un pas à la fois
alourdi et rapide. Arrivée en bas, elle accrocha
par mégarde sa pelisse au clou rouillé d'une caisse
d'emballage, et tira, déchirant tout un pan du
vêtement de loutre. Un instant plus tard, j'entendis se refermer la porte du vestibule.

Je m'essuyai le visage de ma manche avant

d'entrer chez Conrad. Le bruit de mitrailleuse et de machine à coudre du télégraphe crépitait de l'autre côté des battants entrebâillés. Conrad travaillait le dos à la fenêtre, accoudé à une énorme table de chêne sculpté, au milieu de ce bureau où un grand-père maniaque avait entassé une grotesque collection de souvenirs de chasse. Une série cocasse et sinistre de petits animaux empaillés s'alignait sur des étagères, et je me souviendrai toujours d'un certain écureuil accoutré d'une veste et d'un bonnet tyrolien sur son pelage mangé aux vers. J'ai passé quelques-uns des moments les plus critiques de ma vie dans cette chambre qui sentait le camphre et la naphtaline. Conrad releva à peine, en me voyant entrer, sa figure pâle, creusée par le surmenage et par l'inquiétude. Je remarquai que la mèche de cheveux blonds qui s'obstinait à lui tomber sur le front se faisait moins épaisse, moins brillante qu'autrefois ; il serait un peu chauve à trente ans. Conrad était tout de même assez russe pour être un des fanatiques de Broussaroff ; il me donnait tort, et peut-être d'autant plus qu'il s'était usé d'angoisses à mon sujet. Il m'interrompit dès les premiers mots :

— Volkmar ne croyait pas Broussaroff mortellement blessé.

— Volkmar n'est pas médecin, dis-je, et le choc de ce nom fit déborder en moi toute la rancune que je ne me sentais pas contre le personnage dix minutes plus tôt. Paul a jugé tout de suite que Broussaroff n'en avait plus pour quarante-huit heures...

— Et comme Paul n'est plus là, il ne reste plus qu'à te croire sur parole.

— Dis tout de suite que tu aurais préféré ne pas me voir revenir.

— Ah, vous me dégoûtez tous ! dit-il en se prenant la tête entre ses mains étroites, et je fus frappé par l'identité de ce cri avec celui de la fugitive. Le frère et la sœur étaient également purs, intolérants et irréductibles.

Mon ami ne me pardonna jamais la perte de ce vieillard imprudent et mal informé, mais il soutint jusqu'au bout en public cette conduite qu'à part soi il jugeait inexcusable. Debout devant la fenêtre, j'écoutais parler Conrad sans l'interrompre ; bien plus, je l'entendais à peine. Une petite figure se détachant sur le fond de neige, de boue et de ciel gris, occupait mon attention, et ma seule crainte était que Conrad se levât en boitillant, et vînt à son tour jeter un coup d'œil du côté de la vitre. La fenêtre donnait sur la cour, et, par-delà l'ancienne boulangerie, on apercevait un tournant de la route qui menait au village de Mârba, sur l'autre berge du lac. Sophie marchait péniblement, arrachant du sol avec effort ses lourdes bottes qui laissaient derrière elle des empreintes énormes ; elle courbait la nuque, aveuglée sans doute par le vent, et son baluchon la faisait ressembler de loin à une colporteuse. Je retins mon souffle jusqu'au moment où sa tête envelop-

pée d'un châle eut plongé derrière le petit mur en
ruine qui bordait la route. Le blâme que la voix
de Conrad continuait à déverser sur moi, je
l'acceptais en échange des reproches justifiés qu'il
eût été en droit de me faire, s'il avait su que je
laissais Sophie s'éloigner seule et sans espoir de
retour dans une direction inconnue. Je suis sûr
qu'elle n'avait à ce moment que juste assez de
courage pour marcher droit devant soi sans
tourner la tête en arrière ; Conrad et moi l'eus-
sions facilement rejointe et ramenée de force, et
c'est précisément ce que je ne voulais pas. Par
rancune d'abord, et parce que, après ce qui s'était
passé d'elle à moi, je ne pouvais plus supporter de
voir de nouveau s'établir et durer entre nous cette
même situation tendue et monotone. Par curiosité
aussi, et ne serait-ce que pour laisser aux événements la chance de se développer d'eux-mêmes.
Une chose au moins était claire : elle n'allait
certes pas se jeter dans les bras de Volkmar.
Contrairement aussi à l'idée qui un moment
m'avait traversé l'esprit, ce chemin de halage
abandonné ne la conduisait pas aux avant-postes
rouges. Je connaissais trop Sophie pour ne pas
savoir qu'on ne la reverrait jamais vivante à
Kratovicé, mais je gardais en dépit de tout la
certitude qu'un jour ou l'autre nous nous retrou-
verions face à face. Même si j'avais su dans
quelles circonstances, je crois que je n'aurais rien
fait pour me mettre en travers de sa route. Sophie
n'était pas une enfant, et je respecte assez les

êtres, à ma manière, pour ne pas les empêcher de prendre leurs responsabilités.

Si étrange que cela puisse paraître, près de trente heures passèrent avant que la disparition de Sophie fût remarquée. Comme il fallait s'y attendre, ce fut Chopin qui donna l'alerte. Il avait rencontré Sophie la veille, vers midi, à l'endroit où le chemin de Mârba quitte la berge et s'enfonce dans le petit bois de sapins. Sophie avait réclamé de lui une cigarette, et, se trouvant à court, il avait partagé avec elle la dernière d'un paquet. Ils s'étaient assis côte à côte sur le vieux banc qui demeurait là, témoin branlant d'une époque où tout l'étang se trouvait compris dans les limites du parc, et Sophie avait demandé des nouvelles de la femme de Chopin, qui venait d'accoucher dans une clinique de Varsovie. En le quittant, elle lui avait recommandé de garder le silence sur cette rencontre.

— Surtout, pas de bavardages, as-tu compris ? Vois-tu, mon vieux, c'est Éric qui m'envoie.

Chopin était habitué à lui voir porter pour moi des messages dangereux, et à ne me désapprouver qu'en silence. Le lendemain pourtant, il me demanda si j'avais chargé la jeune fille d'une mission du côté de Mârba. Je dus me contenter de hausser les épaules ; Conrad inquiet insista ; il ne me resta qu'à mentir et à déclarer que je n'avais pas revu Sophie depuis mon retour. Il eût été plus prudent d'admettre que je l'avais croisée sur une marche d'escalier, mais on ment presque toujours pour soi-même, et pour s'efforcer de refouler un souvenir.

Le jour suivant, des réfugiés russes nouveau venus à Kratovicé firent allusion à une jeune paysanne en pelisse de fourrure qu'ils avaient rencontrée le long de la route, sous l'auvent d'une hutte où ils s'étaient reposés pendant une rafale de neige. Ils avaient échangé avec elle des saluts et des plaisanteries gênées par leur ignorance du dialecte, et elle leur avait offert de son pain. Aux questions que l'un d'entre eux lui avait alors posées en allemand, elle avait répondu en secouant la tête, comme si elle ne connaissait que le patois local. Chopin décida Conrad à organiser dans les environs des recherches, qui n'aboutirent pas. Toutes les fermes de ce côté étaient abandonnées, et les empreintes solitaires qu'on rencontra sur la neige auraient aussi bien pu appartenir à un rôdeur ou à un soldat. Le lendemain, le mauvais temps découragea Chopin lui-même de continuer ses explorations, et une nouvelle attaque des Rouges nous força à nous occuper d'autre chose que du départ de Sophie.

Conrad ne m'avait pas donné sa sœur à garder, et ce n'était pas moi, après tout, qui avais volontairement poussé Sophie sur les routes. Pourtant, durant ces longues nuits, l'image de la jeune fille pataugeant dans la boue glacée hanta mon insomnie aussi obstinément que s'il s'agissait d'un fantôme. Et de fait, Sophie morte n'est jamais revenue me poursuivre comme le faisait à

cette époque Sophie disparue. A force de réfléchir
aux circonstances de son départ, je tombai sur
une piste, que je gardai pour moi. Je me doutais
depuis longtemps que la reprise de Kratovicé sur
les Rouges n'avait pas complètement interrompu
les relations entre Sophie et l'ancien commis de
librairie Grigori Loew. Or, le chemin de Mârba
menait aussi à Lilienkron, où la mère Loew
exerçait la double et lucrative profession de sage-
femme et de couturière. Son mari, Jacob Loew,
avait pratiqué le métier presque aussi officiel et
plus lucratif encore de l'usure, longtemps à l'insu
de son fils, je veux bien le croire, et ensuite pour le
plus grand dégoût de celui-ci. Au cours de
représailles pratiquées par les troupes antibolcheviques, le père Loew avait été abattu sur le seuil
de la friperie, et occupait maintenant dans la
petite communauté juive de Lilienkron le poste
intéressant de martyr. Quant à la femme, bien
que suspecte à tous les points de vue, puisque son
fils exerçait un commandement dans l'armée
bolchevique, elle avait réussi jusqu'à ce jour à se
maintenir dans le pays, et tant d'habileté ou de
bassesse ne me prédisposait pas en sa faveur.
Après tout, la suspension de porcelaine et le salon
en reps écarlate de la famille Loew avaient été
pour Sophie la seule expérience personnelle hors
de Kratovicé, et du moment qu'elle nous quittait,
elle ne pouvait guère que se retourner vers eux. Je
n'ignorais pas qu'elle avait consulté la mère Loew
à l'époque où elle s'était crue menacée d'une

maladie ou d'une grossesse, à la suite de ce viol
qui avait été son premier malheur. Pour une fille
comme elle, avoir donné sa confiance une fois déjà
à cette matrone israélite était une raison pour se
confier à nouveau, et toujours. D'ailleurs, et je
devais être assez perspicace pour m'en apercevoir
au premier coup d'œil, en dépit de mes préjugés
les plus chers, le visage de cette vieille créature
noyée dans la graisse était empreint d'une lourde
bonté. Dans la vie de caserne que nous avions fait
mener à Sophie, il restait toujours entre elles deux
la franc-maçonnerie des femmes.

Sous prétexte de contributions de guerre, je
partis pour Lilienkron, emmenant avec moi quelques hommes dans un vieux camion blindé. Le
grinçant véhicule s'arrêta sur le seuil de la maison
à demi rurale, à demi citadine, où la mère Loew
s'occupait à faire sécher sa lessive au soleil de
février, et profitait pour l'étendre du jardin à
l'abandon de ses voisins évacués. Par-dessus sa
robe noire et son tablier de toile blanche, je
reconnus la courte pelisse déchirée de Sophie,
dans laquelle la taille épaisse de la vieille femme
apparaissait ridiculement boudinée. La perquisi-
tion ne fit que révéler le nombre attendu de
bassins d'émail, de machines à coudre, d'antisep-
tiques et de numéros éraillés de journaux de
modes de Berlin vieux de cinq ou six ans. Tandis
que mes soldats chambardaient les armoires
pleines de défroques que des paysannes à court
d'argent avaient laissées en gage à l'accoucheuse,

la mère Loew me fit asseoir sur le canapé rouge de la salle à manger. Tout en refusant de m'expliquer comment elle était entrée en possession de la pelisse de Sophie, elle insistait pour que je prisse au moins un verre de thé, avec un mélange d'obséquiosité dégoûtante et d'hospitalité biblique. Un tel raffinement de politesse finit par me sembler suspect, et j'arrivai dans la cuisine juste à temps pour empêcher une dizaine de messages du cher Grigori de se consumer à la flamme qui léchait le samovar. La mère Loew avait gardé par superstition maternelle ces papiers compromettants, mais dont le dernier datait d'au moins quinze jours, et qui, par conséquent, ne pouvaient rien m'apprendre de ce qui m'importait. Convaincue d'intelligence avec les Rouges, la vieille Juive n'en prenait pas moins le chemin du poteau d'exécution, même si ces bouts de papier à demi noircis ne contenaient que de futiles témoignages d'affection filiale, et encore pouvait-il s'agir d'un code. Les preuves étaient plus que suffisantes pour justifier un tel arrêt aux propres yeux de l'intéressée. Quand nous reprîmes place sur le meuble tendu de reps rouge, la vieille femme se résigna donc à transiger entre le silence et l'aveu. Elle confessa que Sophie exténuée s'était reposée chez elle le jeudi soir ; elle était repartie en pleine nuit. Quant aux buts de cette visite, je n'obtins d'abord pas le moindre éclaircissement.

— Elle voulait me voir, voilà tout, dit d'un ton

énigmatique la vieille Juive, en clignant nerveuse-
ment ses yeux demeurés beaux malgré leurs
paupières bouffies.

— Elle était enceinte ?

Ce n'était pas qu'une brutalité gratuite. Un
homme à court de certitudes va loin dans le
champ des hypothèses. Si l'une des dernières
aventures de Sophie avait eu des suites, la jeune
fille m'eût fui sans doute exactement comme elle
l'avait fait, et la dispute sur l'escalier aurait pu
servir à camoufler les secrètes raisons de ce
départ.

— Voyons, monsieur l'officier. Une personne
comme la jeune comtesse, ça n'est tout de même
pas une de ces paysannes.

Elle finit par avouer que Sophie s'était rendue à
Lilienkron dans l'intention d'emprunter des vêtements d'homme ayant appartenu à Grigori.

— Elle les a essayés à cette place où vous êtes,
monsieur l'officier. Je ne pouvais tout de même
pas lui refuser ça. Mais les vêtements n'allaient
pas : elle était trop grande.

Je me souvins en effet que Sophie, âgée de seize
ans, dépassait déjà le chétif commis de librairie de
toute la tête. Il était comique de l'imaginer
s'efforçant d'enfiler les pantalons et la veste de
Grigori.

La mère Loew lui avait offert des vêtements de
paysanne, mais Sophie avait tenu à son idée, et on
avait fini par lui dénicher de sortables habits
d'homme. On lui avait aussi fourni un guide.

— Qui est-ce ?

— Il n'est pas de retour, se contenta de répondre la vieille Juive, dont les bajoues se mirent à trembler.

— Et c'est parce qu'il n'est pas de retour que vous êtes cette semaine sans lettre de votre fils. Où sont-ils ?

— Si je le savais, monsieur, je crois que je ne vous le dirais pas, fit-elle avec une certaine noblesse. Mais à supposer que je l'aie su il y a quelques jours, vous pensez bien que mes renseignements seraient périmés à l'heure qu'il est.

C'était le bon sens même, et cette grosse femme qui montrait malgré soi tous les signes de la terreur physique ne manquait pas d'un secret courage. Ses mains croisées sur son ventre tremblaient convulsivement, mais les baïonnettes eussent été aussi impuissantes avec elle qu'avec la mère des Macchabées. J'étais déjà résolu à laisser la vie sauve à cette créature qui n'avait fait après tout qu'entrer dans la partie obscure que Sophie et moi jouions l'un contre l'autre. Ceci n'arrangea rien, car la vieille Juive se fit assommer par des soldats quelques semaines plus tard, mais en ce qui me concernait, j'aurais aussi bien pu écraser une chenille que cette malheureuse. J'aurais montré moins d'indulgence si c'eût été Grigori ou Volkmar que j'avais tenu en face de moi.

— Et mademoiselle de Reval vous avait sans doute confié depuis longtemps son projet ?

— Non. Il en avait été question l'automne

dernier, fit-elle avec ce timide coup d'œil qui
cherche à se rendre compte si l'interlocuteur est
renseigné. Elle ne m'en avait pas reparlé depuis.

— Bien, fis-je en me levant, et j'introduisis du
même coup le paquet charbonneux des lettres de
Grigori dans une de mes poches.

J'avais hâte de quitter cette chambre où la
pelisse de Sophie, jetée sur un coin de sofa,
m'attristait comme la présence d'un chien sans
maître. Je resterai persuadé jusqu'à ma mort que
la vieille Juive l'avait exigée en payement de ses
bons offices.

— Vous savez à quels risques vous vous êtes
exposée en aidant Mademoiselle de Reval à se
faire conduire chez l'ennemi ?

— Mon fils m'a dit de me mettre au service de
la jeune comtesse, me répondit la sage-femme qui
semblait se soucier fort peu de la phraséologie des
temps nouveaux. Si elle est parvenue à le rejoindre, ajouta-t-elle comme malgré soi, et sa voix ne
put retenir un caquètement d'orgueil, je pense
que mon Grigori et elle se seront mariés. Cela
facilite aussi les choses.

Dans le camion qui me ramenait à Kratovicé,
je me mis à rire tout haut de ma sollicitude à
l'égard de la jeune Madame Loew. Toutes les
probabilités étaient certes pour que le corps de
Sophie se trouvât en ce moment étendu dans un
fossé ou derrière un buisson, les genoux repliés,
les cheveux souillés de terre, pareil au cadavre
d'une perdrix ou d'une faisane endommagée par

un braconnier. Des deux possibilités, il est naturel que j'eusse préféré celle-là.

Je ne cachai rien à Conrad des renseignements obtenus à Lilienkron. J'avais sans doute besoin d'en savourer l'amertume avec quelqu'un. Il était clair que Sophie avait obéi à l'impulsion qui pousse une fille séduite ou une femme abandonnée, même sans goût pour les solutions extrêmes, à entrer au couvent ou au bordel. Loew seul me gâtait un peu ce départ considéré de la sorte, mais j'avais déjà assez d'expérience à cette époque pour savoir qu'on ne choisit pas les comparses de sa vie. J'avais été le seul obstacle chez Sophie au développement du germe révolutionnaire; du moment qu'elle arrachait de soi cet amour, elle ne pouvait plus que s'engager à fond sur une route jalonnée par les lectures de l'adolescence, par la camaraderie excitante du petit Grigori, et par ce dégoût que les âmes sans illusions réservent au milieu où elles ont grandi. Mais Conrad avait cette tare nerveuse de ne pouvoir jamais accepter les faits tels qu'ils sont, sans prolongements douteux d'interprétations ou d'hypothèses. J'étais atteint du même vice, mais du moins mes suppositions ne tournaient pas comme chez lui au mythe ou au roman vécu. Plus Conrad réfléchissait à ce départ secret, sans une lettre, sans un baiser d'adieu, plus il soupçonnait à la disparition de Sophie des motifs louches qu'il valait mieux laisser dans l'ombre. Ce long hiver à Kratovicé avait fait du frère et de la sœur ces complets étrangers que seuls deux membres d'une même famille peuvent réussir à devenir aussi parfaitement l'un pour l'autre. Dès mon retour de Lilienkron, Sophie ne fut plus pour Conrad qu'une espionne dont la présence parmi nous expliquait nos mécomptes, et même mon récent désastre à Gourna.

J'étais aussi sûr de l'intégrité de Sophie que de son courage, et ces accusations imbéciles ouvrirent une faille dans notre amitié. J'ai toujours trouvé quelque bassesse chez ceux qui croient si facilement à l'indignité des autres. Mon estime pour Conrad en resta diminuée, jusqu'au jour où je compris que faire de Sophie une Mata-Hari de film ou de roman populaire était peut-être pour mon ami une manière naïve d'honorer sa sœur, de prêter à ce visage aux larges yeux fous cette beauté saisissante que son aveuglement de frère ne lui avait pas permis jusqu'ici de reconnaître en eux. Pis encore : la stupeur indignée de Chopin fut telle qu'il accepta sans discuter les explications romanesques et policières de Conrad. Chopin avait adoré Sophie ; la déception était trop forte pour qu'il pût faire autre chose que cracher sur cette idole passée à l'ennemi. De nous trois, j'étais certes le moins pur de cœur, et c'est moi seul pourtant qui faisais confiance à Sophie, moi seul qui essayais déjà de prononcer sur elle ce verdict d'acquittement que Sophie a pu en toute justice se rendre à elle-même au moment de sa mort. C'est que les cœurs purs s'accommodent

d'une bonne dose de préjugés, dont l'absence
compense peut-être chez les cyniques celle des
scrupules. Il est vrai aussi que j'étais le seul qui
gagnât plus qu'il ne perdît à cet événement, et
que je ne pouvais pas m'empêcher, comme si
souvent dans ma vie, de faire à ce malheur des
clins d'œil complices. On prétend que le destin
excelle comme personne à serrer les nœuds autour
du cou du condamné ; à ma connaissance, il
s'entend surtout à rompre les fils. A la longue, et
qu'on le veuille ou non, il nous tire d'affaire en
nous débarrassant de tout.

A partir de ce jour, Sophie fut aussi définitivement enterrée pour nous que si j'avais ramené de
Lilienkron son cadavre troué d'une balle. Le vide
produit par son départ fut hors de proportion
avec la place qu'elle avait semblé occuper parmi
nous. Il avait suffi de la disparition de Sophie
pour faire régner dans cette maison sans femmes
(car la tante Prascovie était tout au plus un
fantôme), un calme qui était celui du couvent
d'hommes et de la tombe. Notre groupe de plus
en plus réduit rentrait dans la grande tradition de
l'austérité et du courage viril ; Kratovicé redeve-
nait ce qu'il avait été aux temps qu'on croyait
révolus, un poste de l'Ordre Teutonique, une
citadelle avancée de Chevaliers Porte-Glaive.
Quand je pense malgré tout à Kratovicé comme à
une certaine notion du bonheur, je me souviens de
cette période tout autant que de mon enfance.
L'Europe nous trahissait ; le gouvernement de

Lloyd George favorisait les Soviets ; von Wirtz
rejoignait l'Allemagne, abandonnant définitivement l'imbroglio russo-balte ; les négociations de
Dorpat avaient depuis longtemps enlevé toute
légalité, et presque tout sens, à notre noyau de
résistance obstiné et inutile ; de l'autre côté du
continent russe, Wrangel remplaçant Denikine
allait bientôt signer la lamentable déclaration de
Sébastopol, à peu près comme un homme para-
pherait son arrêt de mort, et les deux offensives
victorieuses des mois de mai et d'août sur le front
de Pologne n'étaient pas encore venues susciter
des espérances vite anéanties par l'armistice de
septembre et l'écrasement consécutif de la Cri-
mée... Mais ce résumé que je vous sers est fait
après coup, comme l'Histoire, et n'empêche pas
que j'ai vécu durant ces quelques semaines aussi
libre d'inquiétudes que si je devais mourir le
lendemain, ou vivre toujours. Le danger fait sortir
le pire de l'âme humaine, et le meilleur aussi.
Comme il y a généralement plus de pire que de
meilleur, l'atmosphère de la guerre est, tout
compte fait, la plus dégoûtante qui soit. Mais ceci
ne me rendra pas injuste envers les rares moments
de grandeur qu'elle a pu comporter. Si l'atmosphère de Kratovicé était mortelle aux microbes de
la bassesse, c'est sans doute que j'ai eu le privilège
d'y vivre à côté d'êtres essentiellement purs. Les
natures comme celle de Conrad sont fragiles, et ne
se sentent jamais mieux qu'à l'intérieur d'une
armure. Livrées au monde, aux femmes, aux

affaires, aux succès faciles, leur dissolution sournoise m'a toujours fait penser au répugnant
flétrissement des iris, ces sombres fleurs en forme
de fer de lance dont la gluante agonie contraste
avec le dessèchement héroïque des roses. J'ai
connu à peu près tous les sentiments bas, chacun
au moins une fois dans ma vie, et je ne puis pas
dire que je sois réfractaire à la peur. En fait de
crainte, Conrad était absolument vierge. Il y a
ainsi de ces êtres, et ce sont souvent les plus frêles
de tous, qui vivent à l'aise dans la mort comme
dans leur élément natal. On parle souvent de
cette espèce d'investiture des tuberculeux destinés
à mourir jeunes ; mais j'ai vu quelquefois chez des
garçons destinés à la mort violente cette légèreté
qui est à la fois leur vertu et leur privilège de
dieux.

Le trente avril, par un jour de brume blonde et
de lumière tendre, nous abandonnâmes mélancoliquement Kratovicé devenu indéfendable, avec
son triste parc transformé depuis en terrains de
jeux pour ouvriers soviétiques, et sa forêt ravagée
où rôdaient encore jusqu'aux premières années de
la guerre les seuls troupeaux d'aurochs survivant
à la préhistoire. La tante Prascovie s'était refusée
à partir, et nous l'avions abandonnée aux soins
d'une vieille servante. J'ai appris par la suite
qu'elle avait survécu à tous nos malheurs. La
route était coupée derrière nous, mais j'avais
l'espoir d'opérer ma jonction avec les forces
antibolcheviques au sud-ouest du pays, et je

parvins en effet à joindre cinq semaines plus tard
l'armée polonaise encore en pleine offensive. Je
comptais, pour m'aider à effectuer cette trouée
désespérée, sur la révolte des paysans du district
épuisés par la famine; je ne me trompais pas;
mais ces malheureux ne furent pas en mesure de
nous ravitailler, et la faim et le typhus emportè-
rent leur quote-part avant notre arrivée à Vitna.
J'ai dit tout à l'heure que le Kratovicé des débuts
de la guerre, c'était Conrad, ce n'était pas ma
jeunesse; il se peut aussi que ce mélange de
dénuement et de grandeur, de marches forcées et
de chevelures de saules trempant dans les champs
inondés par les rivières en crue, de fusillades et de
soudains silences, de tiraillements d'estomac et
d'étoiles tremblant dans la nuit pâle comme
jamais depuis je ne les ai vues trembler, c'était
pour moi Conrad, et non la guerre, et l'aventure
en marge d'une cause perdue. Quand je pense à
ces derniers jours de la vie de mon ami, j'évoque
automatiquement un tableau peu connu de Rem-
brandt que le hasard d'un matin d'ennui et de
tempête de neige me fit découvrir quelques
années plus tard à la Galerie Frick, de New York,
où il me fit l'effet d'un fantôme portant un
numéro d'ordre et figurant au catalogue. Ce jeune
homme dressé sur un cheval pâle, ce visage à la
fois sensible et farouche, ce paysage de désolation
où la bête alertée semble flairer le malheur, et la
Mort et la Folie infiniment plus présentes que
dans la vieille gravure allemande, car pour les

sentir toutes proches on n'a même pas besoin de leur symbole... J'ai été médiocre en Mandchourie, et je me flatte de n'avoir joué en Espagne que le rôle le plus insignifiant possible. Mes qualités de chef n'ont donné pleinement qu'au cours de cette retraite, et vis-à-vis d'une poignée d'hommes auxquels me liait mon seul pacte humain. Comparé à ces Slaves qui s'engloutissaient tout vivants dans le malheur, je représentais l'esprit de géométrie, la carte d'état-major, l'ordre. Au village de Novogrodno, nous fûmes attaqués par un détachement de cavaliers cosaques. Conrad, Chopin, une cinquantaine d'hommes et moi, nous nous trouvions retranchés dans le cimetière, séparés du gros de nos troupes cantonnées dans le hameau par un large vallonnement à peu près pareil à la paume d'une main. Sur le soir, les derniers chevaux ennemis disparurent dans les champs de seigle, mais Conrad blessé au ventre agonisait.

Je craignais que le courage ne lui manquât subitement pour ce mauvais quart d'heure plus long que toute sa vie, ce même courage qui naît souvent tout à coup chez ceux qui ont tremblé jusque-là. Mais, lorsqu'il me fut enfin possible de m'occuper de lui, il avait déjà franchi cette ligne de démarcation idéale au-delà de laquelle on n'a plus peur de mourir. Chopin avait fourré dans la plaie un de ces paquets de pansements que nous économisions avec tant de soin ; pour les blessures moins graves, nous utilisions de la mousse séchée.

Il commençait à faire nuit : Conrad réclamait de la lumière d'une voix faible, obstinée, enfantine, comme si l'obscurité était ce qu'il y avait de pire dans la mort. J'allumai une des lanternes de fer qu'on suspend dans ce pays-là sur les tombes. Cette veilleuse visible de très loin dans la nuit claire pouvait nous attirer des coups de feu, mais je m'en foutais, comme bien vous pensez. Il souffrait au point que j'ai plus d'une fois pensé à l'achever ; si je ne l'ai pas fait, ce fut par lâcheté. En quelques heures, je le vis changer d'âge, et presque changer de siècle : il ressembla successivement à un officier blessé des campagnes de Charles XII, à un chevalier du Moyen Age étendu sur une tombe, enfin à n'importe quel mourant sans caractéristique de caste ou d'époque, à un jeune paysan, à un batelier de ces provinces du Nord dont sa famille était sortie. Il mourut à l'aube, méconnaissable, à peu près inconscient, gorgé de rhum par Chopin et par moi tour à tour : nous nous relayions pour soutenir à la hauteur de ses lèvres le verre plein jusqu'au bord, et pour écarter de sa figure un essaim acharné de moustiques.

Le jour se levait ; il fallait partir ; mais je me raccrochais sauvagement à l'idée d'une espèce de funérailles ; je ne pouvais pas le faire enfouir comme un chien dans un coin saccagé de ce cimetière. Laissant Chopin près de lui, je traversai l'alignement des tombes, trébuchant dans le demi-jour incertain sur d'autres blessés. J'allai frapper à la porte de la cure, située à l'extrémité du jardin. Le prêtre avait passé la nuit dans la cave, craignant à chaque instant une reprise de la fusillade ; il était stupéfait de terreur ; je crois bien que je le sortis de là à coups de crosse. Un peu rassuré, il consentit à me suivre, son livre à la main ; mais sitôt réintégré dans sa fonction, qui était la prière, l'indubitable grâce d'état se produisit, et la brève absoute fut donnée avec autant de solennité que dans un chœur de cathédrale. J'avais le curieux sentiment d'avoir mené Conrad à bon port : tué à l'ennemi, béni par un prêtre, il rentrait dans une catégorie de destin qu'eussent approuvée ses ancêtres ; il échappait aux lendemains. Les regrets personnels n'ont rien à voir avec ce jugement auquel j'ai souscrit à nouveau pendant chaque jour de ces dernières vingt années, et l'avenir ne me fera probablement pas changer d'avis sur la chance que représente cette mort.

Ensuite, et sauf en ce qui concerne le détail purement stratégique, il y a un trou dans ma mémoire. Je crois qu'il y a dans chaque vie des périodes où un homme existe réellement, et d'autres où il n'est qu'un agglomérat de responsabilités, de fatigues, et, pour les têtes faibles, de vanité. La nuit, ne pouvant fermer l'œil, couché sur des sacs dans une grange, je lisais un volume dépareillé des *Mémoires* de Retz pris à la bibliothèque de Kratovicé, et si le manque complet d'illusions et d'espérances est ce qui caractérise les morts, ce lit ne différait pas essentiellement de celui où Conrad commençait à se défaire. Mais je sais bien qu'il restera toujours entre morts et vivants un écart mystérieux dont nous ignorons la nature, et que les plus avertis d'entre nous sont à peu près aussi renseignés sur la mort qu'une vieille fille sur l'amour. Si le fait de mourir est une espèce de montée en grade, je ne conteste pas à Conrad cette mystérieuse supériorité de rang. Quant à Sophie, elle m'était complètement sortie de la tête. Comme une femme quittée en pleine rue perd son individualité à mesure qu'elle s'éloigne, et n'est plus de loin qu'une passante comme les autres, les émotions qu'elle m'avait procurées s'enfonçaient à distance dans l'insignifiante banalité de l'amour ; il ne m'en restait qu'un de ces souvenirs décolorés qui font hausser les épaules quand on les retrouve au fond de sa mémoire, comme une photographie trop floue ou prise à contre-jour au cours d'une promenade oubliée. Depuis, l'image a été renforcée par un bain dans un acide. J'étais exténué ; un peu plus tard, le mois qui suivit mon retour en Allemagne se passa à dormir. Toute la fin de cette histoire s'écoule pour moi dans une atmosphère qui n'est pas celle du rêve, ni du cauchemar, mais du lourd sommeil. Je dormais debout, comme un cheval fatigué. Je ne cherche pas le moins du monde à plaider irresponsable ; le mal que j'avais pu faire à Sophie était fait depuis longtemps, et la volonté la plus délibérée n'aurait pu y ajouter grand-chose.

Il est certain que je n'ai été dans tout ce dernier acte qu'un figurant somnambule. Vous me direz qu'il y avait aussi dans les mélodrames romantiques de ces rôles muets et voyants de bourreaux. Mais j'ai l'impression très nette que Sophie à partir d'un certain moment avait pris en main les commandes de sa destinée, et je sais que je ne me trompe pas, puisque j'ai eu quelquefois la bassesse d'en souffrir. A défaut d'autres possessions, nous pouvons aussi bien lui laisser l'initiative de sa mort.

Le destin boucla sa boucle au petit village de Kovo, au confluent de deux cours d'eau aux noms imprononçables, peu de jours avant l'arrivée des troupes polonaises. La rivière était sortie de son lit à la fin des grandes crues de printemps, transformant le district en un îlot détrempé et boueux où nous étions du moins à peu près protégés contre toute attaque venant du nord. Presque toutes les troupes ennemies établies dans ces parages avaient été rappelées à l'ouest pour faire face à l'offensive polonaise. Comparés à ce pays, les environs de Kratovicé étaient une région prospère. Nous occupâmes à peu près sans difficulté le village aux trois quarts vidé par la famine et les exécutions récentes, ainsi que les bâtiments de la petite gare inutilisée depuis la fin de la Grande Guerre, où des wagons de bois pourrissaient sur des rails rouillés. Les restes d'un régiment bolchevique durement éprouvé sur le front de Pologne se trouvaient cantonnés dans les

anciens ateliers de la filature établie à Kovo avant
la guerre par un industriel suisse. A peu près
démunis de munitions et de vivres, ils en étaient
pourtant encore assez riches pour que leurs
réserves nous aidassent par la suite à tenir jusqu'à
l'arrivée de la division polonaise qui nous sauva.
La filature Warner était située en plein terrain
inondé : je vois encore cette ligne de hangars très
bas sur le ciel fumeux, léchés déjà par les eaux
grises de la rivière dont la crue tournait au
désastre depuis les derniers orages. Plusieurs de
nos hommes se noyèrent dans cette boue où l'on
enfonçait jusqu'à mi-ventre, comme des chasseurs
de canards sauvages dans un marécage. La tenace
résistance des Rouges ne céda qu'à une nouvelle
hausse des eaux, emportant une partie des bâtiments minés par cinq ans d'intempéries et
d'abandon. Nos hommes s'acharnèrent comme si
ces quelques hangars pris d'assaut les aidaient à
régler un vieux compte avec l'ennemi.

Grigori Loew fut l'un des premiers cadavres
que je rencontrai dans le corridor de la fabrique
Warner. Il avait gardé dans la mort son air
d'étudiant timide et de commis obséquieux, ce
qui ne l'empêchait pas d'avoir sa dignité à lui, qui
ne manque guère à aucun mort. J'étais destiné à
retrouver tôt ou tard mes deux seuls ennemis
personnels en possession de situations infiniment
plus stables que la mienne, et qui anéantissaient à
peu près toute idée de vengeance. J'ai revu
Volkmar au cours de mon voyage en Amérique

du Sud ; il représentait son pays à Caracas ; il avait devant lui une brillante carrière, et, comme pour rendre toute velléité de vengeance plus dérisoire que jamais, il avait oublié. Grigori Loew était encore plus hors d'atteinte. Je le fis fouiller sans trouver dans ses poches un seul papier qui me renseignât sur le sort de Sophie. Par contre, il avait sur lui un exemplaire du *Livre d'Heures* de Rilke, que Conrad aussi avait aimé. Ce Grigori avait été probablement le seul homme dans ce pays et à cette époque avec qui j'aurais pu causer agréablement pendant un quart d'heure. Il faut reconnaître que cette manie juive de s'élever au-dessus de la friperie paternelle avait produit chez Grigori Loew ces beaux fruits psychologiques que sont le dévouement à une cause, le goût de la poésie lyrique, l'amitié envers une jeune fille ardente, et finalement, le privilège un peu galvaudé d'une belle mort.

Une poignée de soldats tenaient encore dans le grenier à foin situé au haut d'une grange. La longue galerie sur pilotis vacillant sous la poussée de l'eau s'effondra enfin avec quelques hommes accrochés à une grosse poutre. Mis en demeure de choisir entre la noyade et l'exécution, les survivants durent se rendre sans illusions sur le sort qui les attendait. De part et d'autre, on ne faisait plus de prisonniers, et comment traîner des prisonniers avec soi dans cette dévastation ? Un à un, six ou sept hommes exténués descendirent d'un pas ivre la raide échelle qui menait du

grenier à foin au hangar, encombré de ballots de
lin moisi, et qui avait jadis servi de magasin. Le
premier, un jeune géant blond blessé à la hanche
chancela, manqua un échelon, et s'abattit sur le
sol, où il fut assommé par quelqu'un. Soudain, je
reconnus tout en haut des marches une chevelure
emmêlée et éclatante, identique à celle que j'avais
vue disparaître sous la terre trois semaines plus
tôt. Le vieux jardinier Michel, qui m'avait vaguement suivi en guise d'ordonnance, leva sa tête
abrutie par tant d'événements et de fatigues, et
s'écria stupidement :

— Mademoiselle...

C'était bien Sophie, et elle me fit de loin le signe
de tête indifférent et distrait d'une femme qui
reconnaît quelqu'un mais ne tient pas à être
abordée. Vêtue, chaussée comme les autres, on
eût dit un très jeune soldat. Elle traversa d'un
long pas souple le petit groupe hésitant massé
dans la poussière et le demi-jour, s'approcha du
jeune géant blond étendu au pied de l'échelle, jeta
sur lui le même regard dur et tendre qu'elle avait
accordé au chien Texas un soir de novembre, et
s'agenouilla pour lui fermer les yeux. Quand elle
se releva, son visage avait repris son expression
vacante, monotone et tranquille comme celle des
champs labourés sous un ciel d'automne. On
obligea les prisonniers à aider au transport des
réserves de munitions et de vivres jusqu'à la
station de Kovo. Sophie marchait la dernière, les
mains pendantes ; elle avait l'air désinvolte d'un

garçon qui vient de se faire exempter d'une corvée, et elle sifflait *Tipperary.*

Chopin et moi, nous emboîtions le pas à quelque distance, et nos deux figures consternées devaient ressembler à celles de parents dans un enterrement. Nous nous taisions, et, chacun de nous à ce moment désirant sauver la jeune fille, soupçonnait l'autre de s'opposer à son projet. Chez Chopin du moins, cette crise d'indulgence passa vite, car quelques heures plus tard, il était aussi résolu à l'extrême rigueur que Conrad l'eût été à sa place. Pour gagner du temps, je me mis en devoir d'interroger les prisonniers. On les enferma dans un fourgon à bestiaux oublié sur la voie, et on me les amena un à un dans le bureau du chef de gare. Le premier interrogé, un paysan petit-russien, ne comprit pas un mot aux questions que je lui posai pour la forme, hébété qu'il était à force de fatigue, de courage résigné, et d'indifférence à tout. Il avait trente ans de plus que moi, et je ne me suis jamais senti plus jeune qu'en présence de ce fermier qui aurait pu être mon père. Écœuré, je le renvoyai. Sophie fit ensuite son apparition entre deux soldats qui auraient aussi bien pu être des huissiers chargés de l'annoncer au cours d'une soirée dans le monde. L'espace d'un instant, je lus sur son visage cette peur particulière qui n'est autre que la crainte de manquer de courage. Elle s'approcha de la table de bois blanc à laquelle je m'accoudais, et dit très vite :

— N'attendez pas de moi des renseignements, Éric. Je ne dirai rien, et je ne sais rien.

— Ce n'est pas pour des renseignements que je vous ai fait venir, dis-je en lui montrant une chaise.

Elle hésita puis s'assit.

— Alors, pourquoi?

— Pour des éclaircissements. Vous savez que Grigori Loew est mort?

Elle inclina solennellement la tête, sans chagrin. Elle avait eu cet air-là, à Kratovicé, à l'annonce de la mort de ceux de nos camarades qui lui étaient à la fois indifférents et chers.

— J'ai vu sa mère à Lilienkron le mois dernier. Elle m'a prétendu que vous aviez épousé Grigori.

— Moi? Quelle idée! dit-elle en français, et il suffit du son de cette phrase pour me ramener au Kratovicé d'autrefois.

— Pourtant, vous couchiez ensemble?

— Quelle idée! répéta-t-elle. C'est comme pour Volkmar : vous vous êtes figuré que nous étions fiancés. Vous savez bien que je vous disais tout, fit-elle avec sa tranquille simplicité d'enfant. Et elle ajouta d'un ton sentencieux :

— Grigori était quelqu'un de très bien.

— Je commence à le croire, dis-je. Mais ce blessé dont vous vous êtes occupée tout à l'heure?

— Oui, fit-elle. Nous sommes tout de même restés plus amis que je ne pensais, Éric, puisque vous avez deviné.

Elle joignit pensivement les mains, et son

regard reprit cette expression fixe et vague, dépassant l'interlocuteur, qui est le propre des myopes, mais aussi des êtres absorbés dans une idée ou dans un souvenir.

— Il était très bon. Je ne sais pas comment j'aurais fait sans lui, dit-elle du ton d'une leçon littéralement sue par cœur.

— Ça a été difficile pour vous là-bas ?

— Non. J'étais bien.

Je me souvins que j'avais été bien aussi, pendant ce printemps sinistre. La sérénité qui émanait d'elle était celle qu'on ne peut jamais ôter complètement à un être qui a connu le bonheur sous ses formes les plus élémentaires et les plus sûres. L'avait-elle trouvée près de cet homme, ou cette tranquillité provenait-elle de l'approche de la mort et de l'habitude du danger ? Quoi qu'il en soit, elle ne m'aimait plus en ce moment : elle ne se préoccupait plus de l'effet à produire sur moi.

— Et maintenant ? dis-je en lui désignant une boîte de cigarettes ouverte sur la table.

Elle refusa d'un geste de la main.

— Maintenant ? dit-elle d'un ton surpris.

— Vous avez de la famille en Pologne ?

— Ah, fit-elle, vous avez l'intention de me ramener en Pologne. Est-ce aussi l'idée de Conrad ?

— Conrad est mort, dis-je le plus simplement que je pus.

— Je regrette, Éric, dit-elle doucement, comme si cette perte ne concernait que moi.

— Vous tenez tant que ça à mourir?

Les réponses sincères ne sont jamais nettes, ni rapides. Elle réfléchissait, fronçant les sourcils, ce qui lui donnait le front ridé qu'elle aurait dans vingt ans. J'assistais à cette mystérieuse pesée que Lazare fit sans doute trop tard, et après sa résurrection, et où la peur sert de contrepoids à la fatigue, le désespoir au courage, et le sentiment d'en avoir assez fait à l'envie de manger encore quelques repas, de dormir encore quelques nuits, et de voir encore se lever le matin. Ajoutez à cela deux ou trois douzaines de souvenirs heureux ou malheureux, qui, selon les natures, aident à nous retenir, ou nous précipitent dans la mort.

Elle dit enfin, et sa réponse était sûrement la plus pertinente possible :

— Qu'est-ce que vous allez faire des autres?

Je ne répondis pas, et ne pas répondre était tout dire. Elle se leva, de l'air de quelqu'un qui n'a pas conclu une affaire, mais que cette affaire n'engage pas personnellement.

— En ce qui vous concerne, dis-je en me levant à mon tour, vous savez que je ferai l'impossible. Je ne promets rien de plus.

— Je ne vous en demande pas tant, fit-elle.

Et, se détournant à demi, elle écrivit du doigt sur la vitre embuée quelque chose qu'elle effaça aussitôt.

— Vous ne voulez rien me devoir?

— Ce n'est même pas cela, dit-elle d'un ton qui se désintéressait de l'entretien.

J'avais fait quelques pas vers elle, fasciné malgré tout par cette créature revêtue pour moi du double prestige d'être à la fois une mourante et un soldat. Si j'avais pu m'abandonner à ma pente, je crois que j'aurais balbutié des mots de tendresse sans suite, qu'elle se fût certes donné le plaisir de rejeter avec mépris. Mais où trouver des mots qui ne fussent pas depuis longtemps faussés au point d'être devenus inutilisables ? Je reconnais d'ailleurs que tout ceci n'est vrai que parce qu'il y avait en nous quelque chose d'irrémédiablement buté qui nous interdisait de faire confiance aux mots. Un véritable amour pouvait encore nous sauver, elle du présent, et moi de l'avenir. Mais ce véritable amour ne s'était rencontré pour Sophie que chez un jeune paysan russe qu'on venait d'assommer dans une grange.

Je posai maladroitement les mains sur sa poitrine, comme pour m'assurer que son cœur battait encore. Je dus me contenter de répéter une fois de plus :

— Je ferai mon possible.

— N'essayez plus, Éric, dit-elle en se dégageant, sans que je sache s'il s'agissait de ce geste d'amant ou de ma promesse. Cela ne vous va pas.

Et, s'approchant de la table, elle agita une sonnette oubliée sur le bureau du chef de gare. Un soldat parut. Quand elle fut sortie, je m'aperçus qu'elle avait fauché ma boîte de cigarettes.

Personne sans doute ne dormit ce soir-là, et
Chopin moins que les autres. Nous étions censés
partager le maigre divan du chef de gare ; toute la
nuit, je le vis aller et venir dans la chambre,
promenant après lui sur le mur son ombre
d'homme gras écroulé à force de malheur. Deux
ou trois fois, il s'arrêta devant moi, posa la main
sur ma manche, et hocha la tête, puis reprit d'un
pas lourd son va-et-vient résigné. Il savait comme
moi que nous nous serions déshonorés pour rien si
nous avions proposé à nos camarades d'épargner
cette seule 'emme, et une femme dont personne
n'ignorait qu'elle avait passé à l'ennemi. Chopin
soupira. Je me tournai du côté du mur pour ne
pas le voir ; j'aurais eu du mal à me retenir de
l'engueuler ; pourtant, c'était lui surtout que je
plaignais. Quant à Sophie, je ne pouvais penser à
elle sans éprouver au creux de l'estomac une
espèce de nausée de haine qui me faisait dire tant
mieux à sa mort. La réaction venait, et je me
cognais la tête à l'inévitable comme un prisonnier
au mur de sa cellule. L'horreur pour moi n'était
pas tant la mort de Sophie que son obstination à
mourir. Je sentais qu'un homme meilleur que moi
eût trouvé un expédient admirable, mais je ne me
suis jamais fait d'illusions sur mon manque de
génie du cœur. La disparition de la sœur de
Conrad liquiderait au moins ma jeunesse passée,
couperait les derniers ponts entre ce pays et moi.
Enfin, je me rappelais les autres morts auxquelles
j'avais assisté comme si l'exécution de Sophie eût

été justifiée par celles-là. Puis, songeant au peu de prix de la denrée humaine, je me disais que c'était faire beaucoup de bruit autour d'un cadavre de femme sur lequel je me serais à peine attendri, si je l'avais trouvé déjà froid dans le corridor de la fabrique Warner.

Le lendemain matin, Chopin me devança sur le terre-plein situé entre la gare et la grange communale. Les prisonniers groupés sur une voie de garage avaient l'air un peu plus morts que la veille. Ceux de nos hommes qui s'étaient relayés pour les garder, épuisés par cette corvée supplémentaire, semblaient presque également à bout de forces. C'est moi qui avais proposé qu'on attendît jusqu'au jour ; l'effort auquel je m'étais cru obligé pour sauver Sophie n'avait eu d'autre résultat que de leur faire passer à tous une mauvaise nuit de plus. Sophie était assise sur une pile de bois ; ses mains pensives pendaient entre ses genoux écartés ; et les talons de ses épais souliers avaient machinalement creusé des marques sur le sol. Elle fumait sans arrêt ses cigarettes filoutées ; c'était son seul signe d'angoisse, et l'air frais du matin donnait à ses joues de belles couleurs saines. Ses yeux distraits ne parurent pas s'apercevoir de ma présence. Le contraire m'eût sans doute fait crier. Elle ressemblait tout de même trop à son frère pour que je n'eusse pas l'impression de le voir mourir deux fois.

C'était toujours Michel qui se chargeait dans ces occasions du rôle de bourreau, comme s'il ne faisait que continuer ainsi les fonctions de boucher qu'il avait exercées pour nous à Kratovicé, quand il y avait par hasard du bétail à abattre. Chopin avait donné l'ordre que Sophie fût exécutée la dernière; j'ignore encore aujourd'hui si c'était par excès de rigueur, ou pour donner à l'un de nous une chance de la défendre. Michel commença par le Petit-Russien que j'avais interrogé la veille. Sophie jeta un rapide et oblique coup d'œil sur ce qui se passait à sa gauche, puis détourna la tête comme une femme s'efforçant de ne pas voir un geste obscène qui se commet à son côté. Quatre ou cinq fois on entendit ce bruit de détonation et de boîte éclatée dont il me semblait n'avoir pas mesuré jusque-là toute l'horreur. Soudain, Sophie adressa à Michel le signe discret et péremptoire d'une maîtresse de maison qui donne un dernier ordre au domestique en présence de ses invités. Michel s'avança, courbant le dos, avec la même soumission ahurie qu'il allait mettre à l'abattre, et Sophie murmura quelques mots que je ne pus deviner au mouvement de ses lèvres.

— Bien, mademoiselle.

L'ancien jardinier s'approcha de moi et me dit à l'oreille du ton bourru et déprécatoire d'un vieux serviteur intimidé, qui n'ignore pas qu'il se fera renvoyer pour avoir transmis un message pareil :

— Elle ordonne... Mademoiselle demande... Elle veut que ce soit vous...

Il me tendit un revolver; je pris le mien, et j'avançai automatiquement d'un pas. Durant ce trajet si court, j'eus le temps de me répéter dix fois que Sophie avait peut-être un dernier appel à m'adresser, et que cet ordre n'était qu'un prétexte pour le faire à voix basse. Mais elle ne remua pas les lèvres : d'un geste distrait, elle avait commencé à déboutonner le haut de sa veste, comme si j'allais appuyer le revolver à même le cœur. Je dois dire que mes rares pensées allaient à ce corps vivant et chaud que l'intimité de notre vie commune m'avait rendu à peu près aussi familier que celui d'un ami; et je me sentis étreint d'une sorte de regret absurde pour les enfants que cette femme aurait pu mettre au monde, et qui auraient hérité de son courage et de ses yeux. Mais ce n'est pas à nous qu'il appartient de peupler les stades ni les tranchées de l'avenir. Un pas de plus me mit si près de Sophie que j'aurais pu l'embrasser sur la nuque ou poser la main sur son épaule agitée de petites secousses presque imperceptibles, mais déjà je ne voyais plus d'elle que le contour d'un profil perdu. Elle respirait un peu trop vite, et je m'accrochais à l'idée que j'avais désiré achever Conrad, et que c'était la même chose. Je tirai en détournant la tête, à peu près comme un enfant effrayé qui fait détoner un pétard pendant la nuit de Noël. Le premier coup ne fit qu'emporter une partie du visage, ce qui m'empêchera toujours de savoir quelle expression Sophie eût adoptée dans la mort. Au second coup, tout fut accompli. J'ai pensé d'abord qu'en me demandant de remplir cet office, elle avait cru me donner une dernière preuve d'amour, et la plus définitive de toutes. J'ai compris depuis qu'elle n'avait voulu que se venger, et me léguer des remords. Elle avait calculé juste : j'en ai quelquefois. On est toujours pris au piège avec ces femmes.

ŒUVRES DE
MARGUERITE YOURCENAR

Romans et Nouvelles

ALEXIS OU LE TRAITÉ DU VAIN COMBAT. – LE COUP DE GRÂCE (Gallimard, 1971).

LA NOUVELLE EURYDICE (Grasset, 1931, *épuisé*).

DENIER DU RÊVE (Gallimard, 1971).

NOUVELLES ORIENTALES (Gallimard, 1963).

MÉMOIRES D'HADRIEN (édition illustrée, Gallimard, 1971; édition courante, Gallimard, 1974).

L'ŒUVRE AU NOIR (Gallimard, 1968).

ANNA, SOROR... (Gallimard, 1981).

COMME L'EAU QUI COULE *(Anna, soror... – Un homme obscur – Une belle matinée)* (Gallimard, 1982).

UN HOMME OBSCUR – UNE BELLE MATINÉE (Gallimard, 1985).

Essais et Mémoires

PINDARE (Grasset, 1932, *épuisé*).

LES SONGES ET LES SORTS (Gallimard, édition définitive, *en préparation*).

SOUS BÉNÉFICE D'INVENTAIRE (Gallimard, 1962; édition définitive, 1978).

LE LABYRINTHE DU MONDE, I : SOUVENIRS PIEUX (Gallimard, 1974).

LE LABYRINTHE DU MONDE, II : ARCHIVES DU NORD (Gallimard, 1977).

Traductions

Virginia Woolf : LES VAGUES (Stock, 1937).

Henry James : CE QUE SAVAIT MAISIE (Laffont, 1947).

PRÉSENTATION CRITIQUE DE CONSTANTIN CAVAFY, suivie d'une traduction intégrale des POÈMES par M. Yourcenar et C. Dimaras (Gallimard, 1958).

FLEUVE PROFOND, SOMBRE RIVIÈRE, « Negro Spirituals », commentaires et traductions (Gallimard, 1964).

PRÉSENTATION CRITIQUE D'HORTENSE FLEXNER, suivie d'un choix de POÈMES (Gallimard, 1969).

LA COURONNE ET LA LYRE, présentation critique et traductions d'un choix de poètes grecs (Gallimard, 1979).

James Baldwin : LE COIN DES « AMEN » (Gallimard, 1983).

Yukio Mishima : CINQ NÔ MODERNES (Gallimard, 1984).

BLUES ET GOSPELS, textes traduits et présentés par Marguerite Yourcenar, images réunies par Jerry Wilson (Gallimard, 1984).

LA VOIX DES CHOSES, textes recueillis par Marguerite Yourcenar, photographies de Jerry Wilson (Gallimard, 1987).

Collection « Biblos »

SOUVENIRS PIEUX – ARCHIVES DU NORD – QUOI?

L'ÉTERNITÉ. (LE LABYRINTHE DU MONDE, I, II, III).

Impression Bussière à Saint-Amand (Cher),
le 26 mars 1991.
Dépôt légal : mars 1991.
1er dépôt légal dans la collection : juillet 1978.
Numéro d'imprimeur : 1019.
ISBN 2-07-037041-0./Imprimé en France.

52414